Ullstein

W0109407

Randi

Wolfgang J. Kohlschmidt
(Hrsg.)

Ich wollt', ich wär' mein Hund!

Die schönsten Hundegeschichten

Mit zwölf Illustrationen von
Silvia Christoph

Ullstein

ein Ullstein Buch
Nr. 23890
im Verlag Ullstein GmbH,
Frankfurt / M – Berlin

Umschlaggestaltung:
Vera Bauer
Illustration:
The Image Bank/Jan Cobb

Alle Rechte vorbehalten
Illustrationen © 1996 by
Verlag Ullstein GmbH,
Frankfurt/M – Berlin
© Frontispiz:
Wolfgang J. Kohlschmidt
© 1996 für diese Ausgabe
Verlag Ullstein GmbH
Frankfurt/M – Berlin
Printed in Germany 1996
Gesamtherstellung:

ISBN 3 548 23890 4

September 1996
Gedruckt auf alterungs-
beständigem Papier mit
chlorfrei gebleichtem Zellstoff

Vom selben Herausgeber
in der Reihe der
Ullstein Bücher:

Wer schmust denn da?
(23669)

Ich danke meiner Frau Karin
für ihre kreative Mitarbeit

Die Deutsche Bibliothek –
CIP-Einheitsaufnahme

Ich wollt', ich wär' mein Hund! :
die schönsten Hundegeschichten /
Wolfgang J. Kohlschmidt (Hrsg.). –
   (Ullstein-Buch ; Nr. 23890)
   ISBN 3-548-23890-4
NE: GT

Inhalt

Vorwort

Diese Geschichten wurden ausgewählt für alle, die Hunde lieben und als treuen Freund betrachten, und für Menschen wie *Karin*, die den größten Teil ihres Lebens panische Angst vor Hunden hatte. Heute ist sie eine begeisterte Hundenärrin, die von ihren Freunden immer wieder den Satz hört: »Ich wollt', ich wär' dein Hund!«

Mein Blick fällt auf *Randi*, unsere Dackelin. Sie liegt in einem durch die offene Terrassentür leuchtenden Sonnenstreifen und döst vor sich hin. Sie hebt den Kopf, als spüre sie meinen Blick, und schaut mich an. Ja, wie ist das – möchte ich mein Hund sein?
Manchmal sicher, aber immer???
Möchte ich zweimal täglich einen gefüllten Freßnapf, immer frisches Wasser zur Verfügung, regelmäßig gekämmt und gebürstet werden, dauernd Kraul- und Streicheleinheiten bekommen? Bei Ebbe am Sylter Strand nach Öl buddeln, stundenlang vor einem Kaninchenbau lauern, mit einer Leine um den Hals einen Stadtbummel machen? An einen warmen Oberschenkel gelehnt spannende Dinge im Fernsehen gucken, mit

Nachbarshunden täglich einen aufregenden Waldspaziergang machen? Nach dem Fressen im gemütlichen Sessel ein Mittagsschläfchen machen . . .?

Ach ja, manchmal wollt' ich – ich wär' mein Hund!!!
Wolfgang J. Kohlschmidt

Die Geschichte eines Hundes

Mark Twain

1

Mein Vater war Bernhardiner, meine Mutter war Collie, aber ich bin Presbyterianer. Das sagt meine Mutter; ich selbst kenne mich in diesen feinen Unterschieden nicht aus. Für mich sind das nur schöne lange Wörter, die nichts bedeuten. Meiner Mutter gefielen sie ja; sie sprach sie gern, um dann aufzupassen, wie überrascht und neidisch andere Hunde aussahen, als wunderten sie sich, woher sie soviel Bildung hätte.

Aber tatsächlich war das keine richtige Bildung; es war nur Angeberei. Die Worte bekam sie auf die Weise, daß sie im Speise- und im Gesellschaftszimmer zuhörte, wenn Gäste da waren, und indem sie mit den Kindern zur Sonntagsschule ging und dort zuhörte. Und immer, wenn sie ein langes Wort hörte, sprach sie es sich viele Male vor und behielt es deshalb auch, bis in der Nachbarschaft eine hündische Versammlung stattfand; dann packte sie damit aus und überraschte und plagte alle damit, vom Taschenspitz bis zur schweren Dogge, was sie für alle Mühe belohnte.

Wenn ein Fremder darunter war, stand es so gut wie fest, daß er etwas argwöhnte, und wenn er die Sprache wiederfand, fragte er sie dann, was das bedeute. Und

immer gab sie ihm dann Auskunft. Das hatte er meist nicht erwartet, sondern geglaubt, er könnte sie erwischen; wenn sie es ihm dann erklärte, war deshalb er derjenige, der sich schämte, wohingegen er angenommen hatte, sie würde sich am Ende schämen. Die anderen lauerten schon immer darauf, freuten sich darüber und waren stolz auf sie, denn sie wußten schon aus eigener Erfahrung, wie sich das abspielen würde. Wenn sie die Bedeutung eines großen Wortes erklärte, waren sie alle dermaßen von Bewunderung erfüllt, daß es keinem Hund einfiel, zu zweifeln, ob das die richtige Erklärung wäre; und das war nur natürlich, denn einerseits antwortete sie so prompt, daß es aussah, als spreche ein Wörterbuch, und wie sollten sie andererseits herausbekommen, ob es falsch oder richtig war? Sie war nämlich der einzige kultivierte Hund, den es gab.

Später, als ich schon älter war, brachte sie einmal das Wort »unintellektualistisch« mit nach Hause und strapazierte es die ganze Woche hindurch auf verschiedenen Versammlungen, wodurch sie reichlich viel Mißbehagen und Niedergeschlagenheit verursachte; und diesmal fiel mir auf, daß sie in jener Woche auf acht verschiedenen Zusammenkünften nach der Bedeutung gefragt wurde und jedesmal blitzartig eine neue Defini-

tion hervorschoß, was mir bewies, daß sie mehr Geistesgegenwart als Kultur besaß, doch sagte ich natürlich nichts.

Sie besaß ein Wort, das sie immer bereit und zur Hand hatte wie einen Lebensretter, eine Art Notwort, an das sie sich klammern konnte, wenn es einmal danach aussah, daß sie plötzlich über Bord gespült würde – es war das Wort »synonymisch«. Wenn sie zufällig einmal ein langes Wort hervorholte, dessen Glanzzeit schon einige Wochen vorüber war und dessen vorüberlegte Bedeutungen auf ihrem Abfallhaufen gelandet waren, und wenn dann ein Fremder dabeistand, so schlug es ihn natürlich für ein paar Minuten groggy, aber wenn er wieder zu sich kam, war sie schon mit dem Wind auf anderem Kurs davon und rechnete mit nichts mehr; wenn er sie dann also ansprach und aufforderte, den großen Brocken zu wechseln, dann konnte ich – der einzige Hund, der ihr Spiel kannte – ihre Segel einen Augenblick schlaff hängen sehen, aber nur einen einzigen Augenblick, dann schwollen sie straff und voll an, und sie sagte gewöhnlich so ruhig wie ein Sommertag: »Es ist synonymisch mit Supererogation«, oder irgendein anderes gottlos langes Reptil von Wort dieser Art, und machte sich gelassen daran, ganz behaglich auf den nächsten Kurs zu gleiten,

nicht wahr, und ließ den Fremden uneingeweiht und verwirrt stehen, während die Eingeweihten geschlossen mit dem Schwanz auf den Boden klopften und ihre Gesichter sich in frommer Freude verklärten.

Mit ganzen Phrasen war es dasselbe. Sie schleifte oft eine solche Phrase nach Hause, wenn sie großspurig klang, und spielte sie an sechs Abenden und zu zwei Matineen und erklärte sie jedesmal anders – was sie einfach mußte, denn alles, worauf es bei ihr ankam, war die Phrase; es interessierte sie nicht, was sie bedeutete, und sie wußte, daß die Hunde sowieso nicht genug Grips besaßen, sie zu begreifen. Jawohl, sie war vielleicht ein Kaliber! Allmählich fürchtete sie sich vor nichts mehr, so sehr vertraute sie der Dummheit dieser Geschöpfe. Sogar Anekdoten brachte sie an, über die sie die Familie und die Dinnergäste hatte lachen und schreien hören; und gewöhnlich kam es so, daß sie die Pointe von einem abgedroschenen Witz an einen anderen abgedroschenen Witz hängte, wohin sie natürlich nicht paßte und wo sie keinen Sinn ergab; und wenn sie die Pointe herausbrachte, fiel sie um, wälzte sich auf dem Boden, lachte und bellte auf die irrsinnigste Weise, wobei ich bemerkte, daß sie sich selbst wunderte, weshalb sie nicht so witzig war wie damals, als sie sie zum erstenmal hörte.

Aber das schadete ja nichts; die anderen wälzten sich und bellten ebenfalls, wobei sie sich heimlich schämten, daß sie die Pointe nicht begriffen, und dabei niemals ahnten, daß der Fehler nicht bei ihnen lag und daß überhaupt keinerlei Pointe zum Begreifen da war.

An allem erkennt man, daß sie einen ziemlich eitlen und frivolen Charakter besaß; immerhin besaß sie auch Tugenden, genug, alles andere aufzuwiegen, glaube ich. Sie hatte ein gutes Herz und eine sanfte Art und trug kein ihr angetanes Unrecht lange nach, sondern tilgte es leicht aus ihrem Gedächtnis und vergaß es. Die Kinder lehrte sie ihr freundliches Verhalten, und von ihr lernten wir auch, in Gefahr tapfer und flink zu handeln, nicht auszureißen, sondern der Gefahr, die einen Freund oder Fremden bedrohte, ins Auge zu sehen und zu helfen, so gut wir konnten, ohne des uns daraus entstehenden Schadens zu gedenken.

Und das lehrte sie uns nicht nur mit Worten, sondern durch ihr Beispiel, und das ist der beste, der sicherste und der nachhaltigste Weg. Ach, die kühnen Taten, die sie vollbrachte, die herrlichen Tage! Sie war genau wie ein Soldat, und so bescheiden dabei – na, man konnte nicht anders, als sie bewundern, und man konnte nicht anders, als ihr nacheifern; selbst ein Kö-

nig-Karl-Spaniel konnte in ihrer Gesellschaft nicht ganz verächtlich bleiben. Es war also, wie man sieht, schon mehr an ihr dran als nur ihre Bildung.

2

Als ich endlich ziemlich erwachsen war, wurde ich verkauft und weggenommen, und ich sah sie nie mehr wieder. Ihr nagte es am Herzen und mir auch, und wir weinten; aber sie tröstete mich, so gut sie konnte, und sagte, wir seien zu einem weisen und guten Zweck auf dieser Welt und müßten unsere Pflicht tun, ohne zu murren, unser Leben nehmen, wie es ist, es zum Wohle der anderen leben und uns um die Folgen nicht kümmern; sie seien nicht unsere Sache. Sie sagte, Menschen, die sich so verhielten, würden später in einer anderen Welt einen edlen, schönen Lohn dafür finden, und obgleich wir Tiere nicht dorthin gelangten, würde ohne Belohnung gut und recht zu tun unserem kurzen Leben einen Wert und eine Würde verleihen, die allein schon einen Lohn darstellten. Diese Sachen hatte sie von Zeit zu Zeit aufgeschnappt, wenn sie mit den Kindern zur Sonntagsschule ging, und hatte sie in ihrem Gedächtnis

sorgfältiger bewahrt als die anderen Wörter und Phrasen; und sie hatte sie tief studiert, zu ihrem und unserem Nutzen. Daran kann man erkennen, daß sie einen klugen, besonnenen Kopf besaß, obwohl soviel Leichtsinn und Eitelkeit darin steckten.

So nahmen wir Abschied voneinander und schauten uns durch die Tränen ein letztes Mal an; und das letzte, was sie sagte – sie hatte es bis zuletzt aufgehoben, glaube ich, damit ich es mir besser merke –, war: »Mir zum Gedächtnis – wenn ein anderer in Gefahr schwebt, denke nicht an dich, denke an deine Mutter und tu, was sie tun würde.«

Glaubt man, das könnte ich vergessen? Nein.

3

So ein reizendes Heim – mein neues! Ein feines, großes Haus mit Bildern und eleganten Dekorationen und kostbaren Möbeln und nirgends Düsternis, sondern ein Gewirr hübscher Farben und der geräumige Grund um das Haus und der große Garten – oh, Rasen und stattliche Bäume und Blumen ohne Ende! Und ich galt genau wie ein Mitglied der Familie; sie liebten mich, ver-

wöhnten mich und gaben mir keinen neuen Namen, sondern riefen mich bei meinem alten, den ich gern hatte, denn Mutter hatte ihn mir gegeben – Aileen Mavourneen. Sie hatte ihn aus einem Lied, und die Grays kannten das Lied und sagten, es sei ein schöner Name.

Mrs. Gray war dreißig und so lieb und nett, das kann man sich nicht vorstellen; und Sadie war zehn und genau wie ihre Mutter, genau das süße, kleine, schlanke Ebenbild von ihr, mit braunen Zöpfen auf dem Rücken und kurzem Röckchen. Das Baby war ein Jahr alt, rundlich, mit Grübchen, und hatte mich gern und konnte nicht genug davon kriegen, mich am Schwanz zu ziehen, mich zu umarmen und sein unschuldiges Glück herauszulachen.

Mr. Gray war achtunddreißig, groß und schlank und ansehnlich, ein bißchen kahl vorn, wachsam, flink in seinen Bewegungen, gewandt, munter, entschlossen, unsentimental und genau mit jenem feingezeichneten Gesicht, das vor frostigem Intellektualismus zu glitzern und funkeln scheint! Er war ein berühmter Wissenschaftler. Ich weiß zwar nicht, was dieses Wort bedeutet, aber meine Mutter wüßte, wie man es anwendet, um guten Eindruck zu machen. Sie wüßte, wie man einem Rattenterrier damit das Herz schwermacht und es ei-

nem Schoßhündchen leid tun läßt, daß es hinzutrat. Aber das war noch nicht das beste; das beste war das »Laboratorium«. Meine Mutter könnte mit dem Wort einen Trust organisieren, der der gesamten Meute die Steuerhalsbänder abziehen würde. Das Laboratorium war kein Buch, auch kein Bild, auch keine Halbinsel, wie der Hund des College-Direktors sagte – nein, das war Labrador. Das Laboratorium ist etwas ganz anderes, es steht voller Krüge und Flaschen und elektrischer Körper und Drähte und sonderbarer Maschinen; und jede Woche kamen andere Wissenschaftler und setzten sich dort hin, benutzten die Maschinen, debattierten und machten, was sie Experimente und Entdeckungen nannten.

Ich ging auch oft hin, stand herum, hörte zu und versuchte, um meiner Mutter willen und in liebevoller Erinnerung an sie, etwas zu lernen, obgleich es mir weh tat, wenn mir klar wurde, was sie in ihrem Leben versäumte und daß ich überhaupt nichts gewann; denn so große Mühe ich mir auch gab, ich war nicht imstande, auch nur klug daraus zu werden.

Zu anderer Zeit lag ich im Arbeitszimmer meiner Herrin auf dem Fußboden und schlief, wobei sie mich vorsichtig als Fußstütze benutzte, da sie wußte, es gefiel

mir, denn es war eine Liebkosung. Manchmal verbrachte ich eine Stunde im Kinderzimmer und wurde dort schön zerzaust und froh gemacht; ein andermal hielt ich neben dem Kinderbett Wache, wenn das Baby schlief und das Kindermädchen ein paar Minuten draußen etwas für das Kleine zu besorgen hatte. Manchmal tollte und raste ich mit Sadie durch Hof und Garten, bis wir erschöpft waren, schlief dann auf dem Rasen im Schatten eines Baumes, während sie las. Ein andermal ging ich zu Nachbarhunden zu Besuch, denn es gab ein paar höchst liebenswürdige nicht weit weg, darunter einen sehr schönen, höflichen, eleganten, lockigen irischen Setter namens Robin Adair, der wie ich Presbyterianer war und dem schottischen Pfarrer gehörte.

Die Bedienten des Hauses waren alle sehr freundlich zu mir und konnten mich gut leiden, und so führte ich, wie man sieht, ein angenehmes Leben. Es konnte keinen glücklicheren Hund als mich und auch keinen dankbareren geben. Nun möchte ich auch für mich selbst sprechen, denn es ist nur die Wahrheit: Ich habe in jeder Weise versucht, gut und recht zu handeln und das Gedächtnis meiner Mutter und ihre Lehren in Ehren zu halten und das Glück, das über mich gekommen war, zu verdienen, so gut ich konnte.

Bald darauf kam mein Kleines an, und nun war mein Becher voll, mein Glück vollkommen. Es war ein allerliebstes kleines, strampelndes Ding, so glatt und weich und samtig, und es besaß so niedliche, kleine, unbeholfene Pfoten und so zärtliche Augen und so ein süßes, unschuldiges Gesicht. Es machte mich ganz stolz, wenn ich sah, wie die Kinder und ihre Mutter es gern hatten und herzten und über jedes kleine wunderbare Ding, was es tat, in Entzücken gerieten. Mir schien, als sei das Leben einfach zu schön, um . . .

Dann kam der Winter. Eines Tages hielt ich im Kinderzimmer Wache. Das heißt, ich schlief auf dem Bett. Das Baby schlief im Kinderbett, das neben dem Bett auf der Seite zum Kamin stand. Es war die Art von Kinderbett, die ein hohes Zelt aus einem florartigen Stoff darüber besitzt, durch das man hindurchsehen kann. Das Kindermädchen war weggegangen, und die beiden Schläfer waren allein. Das Holzfeuer schoß einen Funken heraus, der auf die Schrägseite des Zeltes fiel. Ich vermute, es folgte ein Augenblick Stille, dann weckte mich ein Schrei des Babys, und da loderte schon das Zelt bis an die Decke. Noch ehe ich einen Gedanken fassen konnte, sprang ich in meiner Angst vom Bett herunter und war in einer Sekunde schon auf halbem Wege zur

Tür. Aber in der nächsten halben Sekunde klangen mir Mutters Abschiedsworte im Ohr, und ich saß wieder auf dem Bett. Ich steckte meinen Kopf durch die Flammen, zog das Baby am Bund heraus, zerrte es weiter, bis wir in einer Rauchwolke beide zu Boden fielen; ich griff wieder zu und zerrte das schreiende kleine Geschöpf weiter, durch die Tür und um die Ecke in die Diele und zog es immer noch, ganz aufgeregt, froh und stolz, als die Stimme des Herrn erschallte: »Hau ab, du verfluchtes Biest!«

Ich sprang los, um mich in Sicherheit zu bringen, aber er war wunderbar schnell und holte mich ein, wobei er wütend mit dem Stock nach mir schlug und ich vor Schreck hierhin und dahin auswich, bis schließlich ein heftiger Schlag meine linke Vorderpfote traf, so daß ich aufheulte und im Augenblick hilflos hinfiel. Der Stock wurde zu einem neuen Streich erhoben, senkte sich aber nicht mehr, denn die Stimme des Kindermädchens gellte wild: »Das Kinderzimmer brennt!« Der Herr raste in der Richtung davon, und meine übrigen Knochen waren gerettet.

Der Schmerz peinigte mich entsetzlich, doch war das gleich, ich durfte keine Zeit verlieren; er konnte jeden Moment zurückkehren. So humpelte ich auf drei Bei-

nen zum anderen Ende der Diele, wo sich eine kleine dunkle Treppe befand, die zu einer Dachkammer führte, in der alte Kartons und ähnliches aufbewahrt wurden, wie ich einmal gehört hatte, und wohin selten einer kam. Es gelang mir, dort hinaufzuklettern, und zwischen den Haufen von alten Sachen hindurch bahnte ich mir in der Dunkelheit einen Weg und versteckte mich am verborgensten Platz, den ich finden konnte. Es war dumm, sich dort zu fürchten, doch hatte ich trotzdem Angst; so viel Angst, daß ich die Luft anhielt und sogar kaum winselte, obgleich es eine Erleichterung gewesen wäre, zu winseln, weil das bekanntlich den Schmerz lindert. Aber ich konnte mir das Bein lecken, und das tat mir sehr gut.

Eine halbe Stunde lang gab es unten einen Aufruhr, Rufe und hastende Schritte, und dann herrschte wieder Stille. Einige Minuten Stille, und das tat meinem Gemüt wohl, denn nun ließ meine Furcht nach; und Furcht ist schlimmer als Schmerzen – oh, viel schlimmer. Dann vernahm ich einen Laut, der mich erstarren ließ. Sie riefen mich – riefen mich beim Namen –, sie waren hinter mir her!

Die Entfernung machte den Laut undeutlich, doch das konnte ihm nicht den Schrecken nehmen; es war

der furchtbarste Laut, den ich je gehört hatte. Er erklang überall, in allen Richtungen, hier unten, die Diele entlang, durch alle Räume, in beiden Stockwerken und im Erdgeschoß sowie im Keller; dann draußen und weiter und immer weiter entfernt, dann zurück und wieder im ganzen Hause herum, und ich dachte, das würde nie, nie mehr ein Ende nehmen. Aber schließlich nahm es ein Ende, Stunden und aber Stunden, nachdem das unbestimmte Zwielicht der Dachkammer schon lange von der schwarzen Finsternis ausgelöscht worden war.

In dieser gesegneten Stille schwand meine Furcht allmählich, und ich fand meine Ruhe wieder und schlief. Ich hatte einen erholsamen Schlaf, aber ich erwachte, bevor das Zwielicht zurückkehrte. Nun fühlte ich mich ziemlich wohl und konnte mir einen Plan ausdenken. Ich dachte mir einen sehr guten aus, nämlich, den ganzen Weg über die Hintertreppe hinunterzukriechen und mich hinter der Kellertür zu verstecken, und wenn beim Morgengrauen der Eismann kam, hinauszuschlüpfen und zu entwischen, während er drinnen den Eisschrank füllte. Dann wollte ich mich den ganzen Tag verbergen und, wenn die Nacht hereinbrach, mich auf den Weg machen, meinen Weg nach – nun, irgendwohin, wo man mich nicht kannte und mich nicht mei-

nem Herrn verraten würde. Mir war fast heiter zumute,
da fiel mir plötzlich ein: Ach, was wäre das Leben ohne
mein Kleines!

Das war eine Verzweiflung! Es gab keinen Plan für
mich, das begriff ich; ich mußte bleiben, wo ich war,
bleiben und warten und es nehmen, was immer auch
käme – es war nicht meine Sache; so sei das Leben, hatte
Mutter gesagt. Dann – nun, dann begann das Rufen von
neuem! All mein Kummer kehrte wieder. Ich sagte mir,
der Herr wird mir nie vergeben. Ich wußte nicht, womit
ich ihn so erbittert und unnachgiebig gemacht hatte,
doch meinte ich, es wäre etwas, was ein Hund nicht verstand, was einem Menschen aber klar war und schrecklich.

Sie riefen und riefen, Tage und Nächte, schien es mir;
so lange, daß mich Hunger und Durst fast zum Wahn-
sinn trieben, und ich spürte, daß ich sehr schwach
wurde. Wenn es einem so geht, schläft man viel, und das
machte ich. Einmal wurde ich mit einem entsetzlichen
Schreck munter – mir war, als hörte ich das Rufen di-
rekt in der Dachkammer! Und so war es auch: Sadies
Stimme, sie weinte; mein Name kam gebrochen über
ihre Lippen, das arme Ding, und ich konnte vor Freude
meinen Ohren kaum glauben, als ich sie sagen hörte:

»Komm doch zurück zu uns – oh, komm zurück und verzeih uns – es ist ja alles so traurig ohne unsere . . .«

Ich fiel mit *so* einem kleinen dankbaren Kläffen ein, und im nächsten Augenblick stürzte und stolperte Sadie durch die Dunkelheit und das Gerümpel und rief der Familie zu: »Ich hab' sie gefunden, ich hab' sie gefunden!«

Die folgenden Tage – nun, die waren wunderbar. Sadie, ihre Mutter und die Bedienten – also, sie schienen mich einfach zu vergöttern. Sie konnten mir anscheinend kein Bett machen, das fein genug war; und was das Essen betraf, so gaben sie sich mit nichts anderem zufrieden, als mir Wildbret und Delikatessen vorzusetzen, die die Jahreszeit normalerweise gar nicht bot. Jeden Tag strömten Freunde und Nachbarn herein, um über meinen Heroismus zu hören – das war der Name, mit dem sie es bezeichneten, und er bedeutet Agrikultur. Ich weiß noch, wie meine Mutter es einmal einem Hundezwinger gegenüber ausspielte und es dann in der Weise erklärte, aber nicht sagte, was Agrikultur ist, außer, daß es synonymisch sei mit intramuraler Inkarnation. Ein dutzendmal am Tag erzählten Mrs. Gray und Sadie die Geschichte den Neuankömmlingen, und sie sagten, ich hätte mein Leben eingesetzt, um das des Babys zu ret-

ten, und wir beide hätten Verbrennungen, die das bewiesen, und dann reichte mich die Gesellschaft immer herum, streichelte mich und ereiferte sich mit Worten über mich, und man konnte den Stolz in Sadies und ihrer Mutter Augen aufleuchten sehen. Und wenn die Leute wissen wollten, weshalb ich hinkte, dann schämten sie sich und wechselten das Thema, und manchmal, wenn die Leute sie mit Fragen darüber in die Enge trieben, sah es mir so aus, als wollten sie anfangen zu weinen.

Aber das war noch nicht der ganze Ruhm, nein. Die Freunde des Herrn kamen, ganze zwanzig der angesehensten Männer, holten mich ins Laboratorium und debattierten über mich, als wäre ich eine Art Entdeckung. Einige von ihnen sagten, das sei doch ganz wunderbar von einem stummen Geschöpf, der feinste Beweis von Instinkt, auf den sie sich besinnen könnten, aber der Herr sagte mit Nachdruck: »Das ist weit mehr als Instinkt; das ist *Verstand*, und manch ein Mensch, der das Vorrecht genießt, erlöst zu werden und vermöge dessen mit Ihnen und mir in eine bessere Welt einzugehen, besitzt weniger Verstand als dieser arme dumme Vierbeiner, dem vorherbestimmt ist unterzugehen.« Dann lachte er und sagte: »Nun, schaut mich an – ich bin der

reinste bittere Hohn! Meine Güte, mit all meiner großartigen Klugheit war das einzige, was ich folgerte, daß der Hund verrückt geworden war und mein Kind umbrachte, wohingegen es nur der Klugheit des Tieres – seinem Verstand, sage ich Ihnen! – zu verdanken ist, daß das Kind nicht umkam!«

Sie debattierten und debattierten, und ich allein bildete den Mittelpunkt und das Thema des Ganzen, und ich wünschte, meine Mutter wüßte, daß mir diese große Ehre zuteil wurde; das hätte sie stolz gemacht.

Dann erörterten sie die Optik, wie sie es nannten, und ob eine bestimmte Verletzung des Gehirns zur Blindheit führe oder nicht, aber sie gelangten hierin zu keiner Übereinstimmung und sagten, sie müßten das später durch ein Experiment untersuchen. Als nächstes erörterten sie Pflanzen, und das interessierte mich, denn im Sommer hatten Sadie und ich Samen gesteckt – ich half ihr nämlich die Löcher graben –, und nach vielen Tagen schoß dort eine kleine Staude oder eine Blume empor; es war ein Wunder, wie so etwas geschehen konnte, aber es geschah, und ich wünschte, ich könnte sprechen – ich hätte diesen Leuten davon erzählt, ihnen gezeigt, wieviel ich wußte, und am Gegenstand voll Anteil genommen. Aber für die Optik inter-

essierte ich mich nicht; das war stumpfsinnig, und als sie wieder darauf zurückkamen, langweilte es mich, und ich schlief ein.

Sehr bald hatten wir Frühling, und es war sonnig, behaglich und wunderschön, und die Kinder und ihre liebe Mutter streichelten mich und mein Kleines zum Abschied; sie unternahmen eine Reise, um Verwandte zu besuchen. Der Herr leistete uns keine Gesellschaft, aber wir spielten zusammen und ließen es uns gutgehen, und die Bedienten waren nett und freundlich, so daß wir ganz gut miteinander auskamen, die Tage zählten und auf die Familie warteten.

Eines Tages kamen die Männer wieder und sagten, nun ginge es an den Versuch, und sie nahmen mein Kleines ins Laboratorium, und ich humpelte auf drei Beinen auch mit, stolz, denn jede Beachtung, die man ihm zollte, bereitete mir natürlich Freude. Sie debattierten und experimentierten, und dann schrie das Kleine plötzlich auf. Sie setzten es auf den Boden, und es taumelte herum, den Kopf ganz blutig, und der Herr klatschte in die Hände und rief: »Da, ich habe gewonnen – geben Sie es zu! Er ist stockblind!«

Und sie alle sagten: »So ist's – Sie haben Ihre Theorie bewiesen, und die leidende Menschheit ist Ihnen

hinfort zutiefst verpflichtet.« Und sie drängten sich um ihn, schüttelten ihm herzlich und dankbar die Hand und priesen ihn.

Aber das sah oder hörte ich kaum, denn ich rannte sogleich zu meinem kleinen Liebling, schmiegte mich eng an das Kleine, leckte ihm das Blut ab, und es legte seinen Kopf an meinen, leise wimmernd, und ich wußte im Innern, daß es seinen Schmerz und sein Leid linderte, die Mutter zu spüren, obgleich es mich nicht sehen konnte. Kurz darauf fiel es um, die kleine samtige Nase lag auf dem Fußboden, und es war still und bewegte sich nicht mehr.

Bald hielt der Herr in der Erörterung einen Augenblick inne, läutete nach dem Diener und sagte: »Begraben Sie ihn in der hinteren Ecke des Gartens«, und fuhr dann fort zu debattieren, während ich hinter dem Diener hertrottete, sehr froh und dankbar, denn ich wußte, das Kleine hatte nun keine Schmerzen mehr, denn es schlief. Wir gingen weit hinten in den Garten an das entfernteste Ende, wo die Kinder, das Kindermädchen, das Kleine und ich im Sommer im Schatten einer großen Ulme immer spielten, und dort grub der Diener ein Loch, und ich sah, daß er das Kleine pflanzen wollte, und ich war froh darüber, denn es würde wachsen und

als schöner, stattlicher Hund wie Robin Adair hervor-
kommen, und für die Familie wäre das, wenn sie nach
Hause käme, eine wunderbare Überraschung. Deshalb
versuchte ich, beim Graben zu helfen, aber mein lahmes
Bein taugte nicht dazu, weil es doch steif ist, nicht wahr,
und man muß zwei Beine dazu haben, sonst hat es keinen Zweck. Als der Diener fertig war und den kleinen
Robin zugedeckt hatte, streichelte er meinen Kopf, und
Tränen standen ihm in den Augen, als er sagte: »Armes
kleines Hündchen, *sein* Kind hast du gerettet!«

Zwei volle Wochen gab ich acht, aber er sproß nicht
hervor! Diese letzte Woche überkam mich ein
Schrecken. Ich denke, es ist irgend etwas Entsetzliches
passiert. Ich weiß nicht, was es ist, aber die Furcht macht
mich krank, und ich kann nicht essen, obgleich mir die
Bedienten die beste Kost bringen. Und sie tätscheln
mich so und kommen sogar zur Nacht und sagen: »Armes Hündchen – gib es auf und komm heim; brich uns
nicht das Herz!« Und all das ängstigt mich noch mehr
und überzeugt mich, daß etwas geschehen ist. Ich bin so
schwach; seit gestern kann ich nicht mehr auf den Beinen stehen, und die Bedienten, die nach der Sonne
blickten, als sie aus den Augen schwand und die Nacht-
kühle heraufkam, sagten noch diese Stunde Dinge, die

ich nicht begreifen konnte, obwohl sie eine Kälte in mein Herz senkten: »Die armen Kinder! Sie ahnen es nicht. Sie werden morgen früh nach Hause kommen und ungeduldig nach dem kleinen Hündchen fragen, das die kühne Tat vollbracht, und wer von uns wird stark genug sein, ihnen die Wahrheit zu sagen: ›Der bescheidene kleine Freund ist dorthin zurückgekehrt, wohin alle Tiere zurückkehren, die untergehen.‹

Sandys Hund

Joan Aiken

Manche Leute suchen sich ihre Hunde aus, und manche Hunde suchen sich ihre Leute aus. Letzteres tat Lob, und zwar höchst entschieden; den Pengellys blieb die Qual der Wahl erspart.

Es begann am Strand in dem Sommer, als Sandy sieben war, Don, ihr älterer Bruder, zwölf; die Zwillinge waren drei. Sandy hieß eigentlich Alexandra, nach der wunderschönen Königin mit Brillantdiadem und Perlenkollier, deren Bild über der Spüle in Oma Pearces Küche hing.

Oma Pearce war Sandys Großmutter. Das Bild war so vertraut wie die Matte vor der Tür. Als Sandy auf die Welt kam, fanden alle, sie gleiche dieser Königin aufs Haar, und deshalb wurde sie Alexandra getauft und Sandy genannt.

An diesem Sommertag lag sie friedlich im Sand, betrachtete ihre Comics und achtete nicht auf die Zwillinge, was auch nicht nötig war, weil die beiden darin wetteiferten, wer dem anderen mehr Seetang um die Beine wickeln könnte. Vater – Bert Pengelly – und Don waren am Anlegeplatz und strichen die Bodenbretter des Bootes, in dem Vater zum Sardinenfischen ausfuhr. Und Mutter – Jean Pengelly – kümmerte sich um die Plumpuddings für Weihnachten, denn sie hatte ein

schlechtes Gewissen, wenn sie nicht bis Ende August in der Vorratskammer standen. Wie meistens beschäftigte sich jedes Mitglied der Familie zufrieden mit dem, was ihm gerade Spaß machte. Sie hatten keine Ahnung, wie bald dieser Zustand durch den Zuwachs verändert werden sollte, der sich ungestüm in ihre Mitte drängte.

Sandy drehte sich auf den Rücken, um sich zu vergewissern, daß die Zwillinge nicht auf glatte Steine kletterten oder von der Flut fortgetragen würden. In diesem Augenblick prallte ein großer Körper heftig auf ihren Bauch, und Sand flog über sie. Instinktiv schloß sie die Augen und spürte, wie der Sand von ihrem Gesicht gewischt wurde von etwas, das sich wie ein warmer, rauher, feuchter Waschlappen anfühlte. Sie machte die Augen auf und schaute. Es war eine Zunge. Sie gehörte einem großen, kräftigen jungen deutschen Schäferhund mit topasfarbenen Augen, schwarzgeränderten Spitzohren, einem dichten, weichen Fell und einem buschigen Schwanz mit einem schwarzen Fleck am Ende.

»Lob!« rief ein Mann weiter oben am Strand. »Lob, hierher!«

Aber Lob fuhr fort, Sandy den Sand vom Gesicht zu lecken, als wollte er sein Ungestüm wiedergutmachen; dabei wedelte er so heftig mit dem Schwanz, daß er

neue Sandwolken aufwirbelte. Sein Besitzer, ein grau-
haariger hinkender Mann, kam herbei, so schnell er
konnte, und packte ihn am Halsband.

»Hoffentlich hat er dir nicht angst gemacht?« sagte
der Mann zu Sandy. »Er wollte nur spielen – er ist noch
jung.«

»O nein! Ich finde, er ist *wunderschön*«, sagte
Sandy. Sie hob ein Stück Treibholz auf und warf es. Lob
befreite sich mühelos aus dem Griff seines Herrn und
schoß hinter dem Holz her wie eine sandfarbene Kugel.
Er kam damit zurück und übergab es Sandy. Zugleich
übergab er ihr sich selbst, obwohl das in diesem Moment niemandem sonst bewußt wurde. Aber auch für
Sandy war es Liebe auf den ersten Blick. Sie warf noch
viele Stöckchen, und als sie und die Zwillinge dann mit
Vater und Don zum Tee nach Hause gingen, schauten
sie sich immer wieder nach Lob um, der von seinem
Herrn energisch davongeführt wurde.

»Ich wollte, wir könnten jeden Tag mit ihm spielen«,
seufzte Tess.

»Warum können wir das nicht?« fragte Tim.

Sandy erklärte es. »Weil Mr. Dodsworth, sein Herrchen, aus Liverpool ist und nur bis Samstag im ›Goldenen Netz‹ Urlaub macht.«

»Ist Liverpool weit?«

»Von hier aus ganz am anderen Ende Englands, leider.«

Die Pengellys lebten in einem Fischerdorf in Cornwall, wo es Felsen und Klippen und einen Streifen Strand und einen kleinen runden Hafen gab und Palmen, die in den Gärten der kleinen weißgetünchten Steinhäuser wuchsen. Zum Dorf führte in steilen Serpentinen eine schmale Straße, und als Warnung stand dort ein Schild: HERUNTERSCHALTEN! LANGSAM FAHREN! VORSICHT, RADFAHRER!

Die Pengelly-Kinder gingen nach Hause zu Hörnchen mit Rahm und Marmelade und glaubten nicht an ein Wiedersehen mit Lob. Doch sie hatten sich getäuscht. Nach dem Essen saß die ganze Familie im Wohnzimmer am Kamin und spielte Quartett, als aus der Küche ein lauter Aufprall und das Klirren von Porzellan zu hören waren.

»Meine Plumpuddings!« rief Jean und lief hinaus.

»Hast du Dynamit hineingetan?« fragte ihr Mann.

Aber es war Lob, der, weil die Haustür verschlossen war, ums Haus gelaufen und durch das offene Küchenfenster gesprungen war. Auf dem Sims standen die Puddings zum Abkühlen. Zum Glück war nur der

kleinste heruntergefallen und kaputtgegangen. Lob stand auf den Hinterbeinen und leckte Sandys Gesicht. Dann tat er das gleiche bei den Zwillingen, die vor Vergnügen kreischten.

»Wo kommt denn euer Freund her?« fragte Mr. Pengelly.

»Er wohnt im ›Goldenen Netz‹ – ich meine, sein Herrchen wohnt da.«

»Dann muß er dorthin zurück. Hol ein Stück Schnur, Sandy, das will ich an seinem Halsband festbinden.«

»Wie er nur den Weg hierher gefunden hat?« sagte Mrs. Pengelly, als ihr Mann den widerspenstigen, winselnden Lob weggeführt und Sandy vom Nachmittag am Strand erzählt hatte. »Das ›Goldene Netz‹ ist ganz auf der anderen Seite des Hafens.«

Lobs Herrchen schimpfte mit seinem Hund und dankte Mr. Pengelly, daß er ihn zurückgebracht hatte. Jean Pengelly ermahnte ihre Kinder, Lob nicht zur Freundschaft zu ermuntern, wenn sie ihn am Strand trafen, weil das zu weiteren Schwierigkeiten führen könnte. Pflichtbewußt beachteten sie ihn am nächsten Tag gar nicht – bis er ihre guten Vorsätze zunichte machte. Mit freudigem Gebell raste er auf sie zu und wedelte so heftig mit dem Schwanz, daß

Tess keine Luft mehr bekam und Tim umgeworfen wurde.

Sie spielten im Sand und verbrachten einen wunderschönen Tag. Dann kam der Samstag. Sandy hatte herausbekommen, daß Mr. Dodsworth mit dem Zug um halb zehn fuhr. Heimlich ging sie zum Bahnhof, nickte Mr. Hoskins zu, dem Bahnhofsvorsteher, dem nie im Leben einfallen würde, von einem Einheimischen eine Bahnsteigkarte zu verlangen, und stieg auf die Überführung über den Gleisen. Sie wollte sehen, aber nicht gesehen werden. Sie sah, wie Mr. Dodsworth in den Zug stieg, begleitet von einem unglücklichen Lob mit hängenden Ohren und Schwanz. Dann sah sie, wie der Zug hinter dem nächsten Hügel verschwand, und hörte sein melancholisches Pfeifen; es klang wie Lobs letztes Adieu.

Sandy wünschte, sie wäre nicht am Bahnhof gewesen. Traurig, mit hängenden Schultern, die Hände in die Taschen vergraben, ging sie nach Hause. Den Rest des Tages war sie so schlecht gelaunt und anders als sonst, daß Tess und Tim ganz verwundert waren und Mutter ihr Sennesblättertee kochte.

Eine Woche verging. Dann saßen eines Abends Mrs. Pengelly und die jüngeren Kinder im Wohnzimmer

und spielten Quartett. Mr. Pengelly und Don waren zum Fischen in der Abendflut ausgefahren. Wer einen Fischer zum Vater hat, sieht ihn von einer Woche zur nächsten nie um die gleiche Zeit zu Hause.

Plötzlich wiederholte sich die Geschichte, aus der Küche kam ein Krachen. Jean Pengelly sprang auf und rief: »Mein Brombeergelee!« Am Morgen hatten sie die Beeren gepflückt und am Nachmittag eingekocht.

Doch Sandy war schneller als ihre Mutter. Mit roten Backen und Augen wie Sternen war sie in die Küche geschossen, wo sie und Lob einander in einem Freudentaumel umarmten. Er streckte meterlang die Zunge heraus und leckte jeden Teil von ihr ab, den er erreichen konnte.

»Gütiger Himmel!« rief Jean. »Wie um alles in der Welt ist *er* denn hergekommen?«

»Er muß gelaufen sein«, sagte Sandy. »Schau dir nur seine Pfoten an.« Sie waren staubig und voll Teer, und in einer hatte er einen Schnitt.

»Wir müssen sie baden«, sagte Jean Pengelly. »Sandy, hol eine Schüssel warmes Wasser, ich kümmere mich um Desinfektionsmittel.«

»Was machen wir mit ihm, Mutter?« fragte Sandy besorgt.

Mrs. Pengelly sah in die flehenden Augen ihrer Tochter und seufzte.

»Er muß natürlich zurück zu Mr. Dodsworth«, sagte sie und bemühte sich um einen entschiedenen Ton. »Dein Vater kann sich morgen im ›Goldenen Netz‹ seine Adresse besorgen und ihn anrufen. Inzwischen sollte Lob etwas zu trinken kriegen und eine gute Mahlzeit.«

Lob war sehr dankbar für Wasser und Futter und hatte nichts dagegen, daß seine Pfoten gebadet wurden. Dann legte er sich auf den Kaminvorleger und schlief vor dem Feuer, das sie angezündet hatten, weil es ein naßkalter Abend war; sein Kopf lag auf Sandys Füßen. Er war ein sehr müder Hund. Er war die ganze Strecke von Liverpool nach Cornwall gelaufen, und das sind über sechshundert Kilometer.

Am nächsten Tag telefonierte Mr. Pengelly mit Lobs Besitzer, und am übernächsten Morgen kam Mr. Dodsworth entschieden verärgert mit dem Nachtzug an, um seinen Hund abzuholen. Dieser Abschied war schlimmer als der erste. Lob winselte, Don ging aus dem Haus, die Zwillinge brachen in Tränen aus, und Sandy schlich hinterher in ihr Zimmer, warf sich aufs Bett und drückte das Gesicht in die Decke; sie fühlte sich wie zerschlagen.

Am Tag darauf nahm Jean Pengelly alle mit nach Plymouth in den Zirkus, und die Zwillinge wurden ein bißchen fröhlicher; doch weder die Eisenbahnfahrt hin und zurück noch die wilden Pferde oder die dressierten Robben konnten Sandys trauriges Herz trösten.

Sie hätte sich keine Sorgen zu machen brauchen. Nach zehn Tagen war Lob wieder da – diesmal hinkend, mit einem zerfetzten Ohr und einer kahlen Stelle in seinem pelzigen Fell, als ob er auf seinem 600-Kilometer-Lauf mit ein paar Feinden gerauft hätte.

Bert Pengelly rief wieder in Liverpool an. Mr. Dodsworth klang erschöpft. Er sagte: »Dieser Hund hat mich schon zwei kostbare Arbeitstage gekostet – und Zeitungsanzeigen und endlose Stunden auf Polizeirevieren. Ich bin zu alt für dieses Hin und Her. Ich glaube, Mr. Pengelly, wir müssen uns damit abfinden, daß er bei Ihrer Familie leben will – das heißt, wenn Sie ihn haben wollen.« Bert Pengelly schluckte. Er war kein reicher Mann; und Lob war ein reinrassiger Hund. Vorsichtig fragte er: »Wieviel würden Sie denn für ihn verlangen?«

»Großer Gott, Mann, ich rede nicht davon, ihn zu *verkaufen*. Sie müssen ihn als Geschenk annehmen.

Denken Sie nur an die Fahrtkosten, die ich spare. Sie tun mir einen Gefallen.«

»Frißt er viel?« fragte Bert mißtrauisch.

Inzwischen war den Kindern, die atemlos im Hintergrund einen Teil des Gesprächs mithörten, klargeworden, worum es ging, und sie tanzten mit flehend gefalteten Händen herum.

»Oh, für seine Größe nicht«, versicherte Lobs Besitzer. »Zwei oder drei Pfund Fleisch am Tag und etwas Gemüse und Soße und Brot – das reicht ihm.«

Alexandras Vater sah über das Telefon hinweg die feuchten Augen und zitternden Lippen seiner Tochter. Er faßte einen Entschluß. »Nun gut, Mr. Dodsworth«, sagte er munter, »wir nehmen Ihr Angebot an und danken Ihnen sehr. Die Kinder werden überglücklich sein, und ich verspreche Ihnen, daß Lob ein gutes Zuhause haben wird. Sie werden sich um ihn kümmern und dafür sorgen, daß er genug Auslauf hat. Aber eines kann ich Ihnen sagen«, schloß er entschieden, »wenn er bei uns bleiben will, muß er lernen, eine Menge Fisch zu fressen.«

Und so kam Lob zu den Pengellys. Alle liebten ihn, und er liebte alle. Aber es bestand nie ein Zweifel darüber, wer für ihn an erster Stelle kam. Er war Sandys

Hund. Er schlief neben ihrem Bett und folgte ihr überallhin, wenn man es ihm erlaubte.

Neun Jahre vergingen, und jeden Sommer kam Mr. Dodsworth ins »Goldene Netz« und besuchte seinen einstigen Hund. Lob erkannte ihn jedesmal wieder, begrüßte ihn mit würdevoller Freude und begleitete ihn ein- oder zweimal auf einem Spaziergang – doch er zeigte nie den Wunsch, nach Liverpool zurückzukehren. Sein Platz, gab er zu verstehen, war eindeutig bei den Pengellys.

Im Laufe der neun Jahre veränderte sich Lob weniger als Sandy. Während sie heranwuchs, wurde er ein bißchen langsamer, ein bißchen steifer, um die Nase sah man ein wenig Grau, aber er war immer noch ein hübscher Hund. Er und Sandy liebten einander nach wie vor innig.

An einem Abend im Oktober waren alle Sommergäste abgereist, und das kleine Fischerdorf wirkte leer und geheimnisvoll. Es war ein nasser, windiger Abend. Als die Kinder aus der Schule nach Hause kamen – auch die Zwillinge gingen jetzt in die Oberschule, und Don war schon ein tüchtiger Fischer –, sagte Jean Pengelly: »Sandy, Tante Rebecca hat gesagt, sie fühlt sich einsam, weil Onkel Will Hoskins rausgefahren ist zum Fischen,

und sie möchte, daß jemand von euch sie heute abend besucht. Geh du, Schatz; du kannst deine Hausaufgaben mitnehmen.«

Sandy sah keineswegs begeistert aus. »Darf Lob mit?«

»Du weißt, daß Tante Becky eigentlich keine Hunde mag – ach, von mir aus.« Mrs. Pengelly seufzte. »Dann muß sie ihn eben ertragen.«

Widerwillig kämmte sich Sandy die Haare, nahm ihre Schultasche, zog den feuchten Regenmantel an, den sie gerade aufgehängt hatte, befestigte Lobs Leine am Halsband und machte sich auf den Weg durch die Dämmerung zu Tante Beckys Häuschen, das fünf Minuten entfernt oben auf dem Berg lag.

Der Wind heulte durch die Wanten der Boote am Anlegeplatz.

»Stell doch ein bißchen fröhliche Musik an«, sagte Jean Pengelly zu dem Zwilling, der gerade in der Nähe war. »Bloß damit ich dieses abscheuliche Brausen nicht hören muß, solange ich das Abendessen für euren Vater mache.« Don, der gerade hereingekommen war, schaltete im Radio laut Rockmusik ein. Deshalb hörten die Pengellys nicht, wie wenige Minuten später der Lastwagen den Berg herun-

terschleuderte und gegen die Mauer des Postamts krachte.

Dr. Travers fuhr mit seiner Frau durch Cornwall; sie machten eine verspätete Urlaubsreise, bevor die Grippezeit begann. Er sah das Schild, auf dem stand: STEILE ABFAHRT. HERUNTERSCHALTEN! LANGSAM FAHREN! Gehorsam schaltete er in den zweiten Gang.

»Wir müssen gleich da sein«, sagte seine Frau und schaute aus dem Fenster. »An der Uferstraße war ein Schild mit der Aufschrift ›Goldenes Netz zwei Meilen‹. Das ist wirklich eine steile, gefährliche Straße! Aber die Häuschen sind so hübsch – oh, Frank, halt, halt! Da liegt ein Kind, bestimmt ist es ein Kind – dort an der Mauer!«

Dr. Travers trat auf die Bremse und brachte den Wagen zum Stehen. Neben der Straße lief Wasser in einer flachen Rinne ab, und halb im Wasser lag etwas, das im Dämmerlicht aussah wie ein Kleiderbündel – oder war es ein Kind? Mrs. Travers war wie der Blitz aus dem Wagen, doch ihr Mann war noch schneller.

»Rühr sie nicht an, Emily!« sagte er scharf. »Sie ist überfahren worden. Es kann nicht länger als ein paar Minuten her sein. Erinnerst du dich an den Laster, der

47

uns dort oben in einem Höllentempo überholt hat? Rasch, geh in das Haus dort und telefoniere nach einem Krankenwagen. Das Mädchen ist schwerverletzt. Ich bleibe hier und versuche die Blutung zu stillen. Schnell, es ist keine Zeit zu verlieren.«

Ärzte sind Meister darin, gefährliche Blutungen zu stillen, denn sie wissen, wo man drücken muß. Das konnte Dr. Travers tun, doch mehr wagte er nicht. Das Mädchen lag merkwürdig verkrampft da, und er nahm an, daß sie mehrere Knochenbrüche hatte und daß es höchst gefährlich wäre, sie zu bewegen. Er beobachtete sie mit großer Konzentration und fragte sich, was mit dem Laster geschehen war und wieviel Schaden er noch angerichtet hatte.

Mrs. Travers beeilte sich sehr. Sie hatte schon viele Unfallopfer gesehen und wußte, wie wichtig rasche Hilfe ist. Im ersten Haus, an dem sie klopfte, war ein Telefon; in vier Minuten war sie zurück, und in sechs hörten sie die Sirene des Krankenwagens, der den Berg herunterkam.

Die Pfleger hoben das Kind so vorsichtig auf eine Trage, als wäre es aus feinster Distelwolle. Der Krankenwagen fuhr davon nach Plymouth – denn das Kreiskrankenhaus nahm keine schwerverletzten Unfallopfer

auf –, und Dr. Travers meldete im Polizeirevier, was geschehen war.

Er stellte fest, daß die Polizei bereits über den rasenden Laster Bescheid wußte – er hatte einen Bremsschaden und war mit dem Kühler in der Mauer des Postamts steckengeblieben. Der Fahrer hatte eine Gehirnerschütterung und einen Schock, doch die Polizisten waren der Meinung, nur er sei verletzt – bis Dr. Travers kam und seine Geschichte erzählte. Um halb zehn an diesem Abend saß Tante Rebecca Hoskins an ihrem Kamin und machte sich ärgerliche Gedanken über die Rücksichtslosigkeit von Nichten, die zum Abendessen eingeladen waren und nicht kamen, als überraschend eine Nachbarin hereinstürmte und rief: »Haben Sie das von Sandy Pengelly gehört, Mrs. Hoskins? Schrecklich, das arme kleine Ding, und sie wissen nicht, ob sie durchkommt. Die Polizei hat den Lastwagenfahrer erwischt, der sie überfahren hat – ach, es sollte verboten werden, daß sie wie verrückt durch den Ort rasen, der müßte lebenslänglich kriegen, auch wenn das kein Trost ist für den armen Bert und die arme Jean.«

Entsetzt warf Tante Rebecca einen Mantel über und lief zum Haus ihres Bruders. Alle sahen bleich und fassungslos aus; Bert und Jean wollten gerade zum Kran-

kenhaus fahren, in das man Sandy gebracht hatte, und
die Zwillinge weinten bitterlich. Lob war nirgends zu
sehen. Aber Tante Rebecca interessierte sich nicht für
Hunde; sie fragte nicht nach ihm.

»Gott sei Dank, daß du gekommen bist, Beck«, sagte
ihr Bruder.

»Bleibst du heute nacht bei Don und den Zwillingen? Don sucht Lob, und der Himmel weiß, wann er
zurückkommt; wir übernachten vielleicht bei Jeans
Mutter in Plymouth.«

»Oh, hätte ich das arme Kind nur nicht eingeladen«,
klagte Mrs. Hoskins. Doch Bert und Jean hörten sie
kaum.

Diese Nacht schien ewig zu dauern. Die Zwillinge
weinten sich in den Schlaf. Don kam sehr spät mit fin-
sterem Gesicht nach Hause. Bert und Jean saßen in einem Warteraum des Krankenhauses, man sagte ihnen,
Sandy wäre bewußtlos, und dieser Zustand dauerte an.
Was für sie getan werden konnte, wurde getan. Sie bekam Transfusionen, damit der Blutverlust ausgeglichen
wurde. Die gebrochenen Knochen wurden gerichtet
und in Schlingen und Schienen gelegt.

»Ist sie sonst gesund? Hat sie eine gute Konstitu-
tion?« fragte der Notarzt.

»Ja, Doktor, die hat sie«, sagte Bert rauh. Jean hatte einen Kloß im Hals und konnte nicht antworten, sie nickte nur.

»Dann hat sie vielleicht eine Chance. Aber ich will Ihnen nicht verheimlichen, daß ihr Zustand sehr ernst ist, es sei denn, sie kommt aus diesem Koma.«

Doch Stunde um Stunde verging, und Sandy war immer noch bewußtlos. Ihre Eltern saßen mit angespannten Gesichtern im Warteraum. Manchmal ging einer von ihnen zum Telefon und rief die Familie daheim an oder versuchte, bei Oma Pearce nicht weit vom Krankenhaus ein wenig Schlaf zu finden.

Am nächsten Morgen erkundigten sich Dr. Travers und seine Frau im Häuschen der Pengellys, wie es Sandy gehe, aber die Auskunft war bedrückend: »Ihr Zustand ist immer noch sehr ernst.« Die Zwillinge waren sehr unglücklich. Daß sie ihre ältere Schwester manchmal rechthaberisch genannt hatten, war vergessen; sie erinnerten sich nur daran, wie oft sie ihr Taschengeld mit ihnen geteilt, wie sie ihnen vorgelesen und sie zu Picknicks mitgenommen hatte, wie hilfsbereit sie bei den Hausaufgaben gewesen war. Jetzt gab es keine Sandy, keine Mutter, keinen Vater, Don lief mit grauem, verschlosse-

nem Gesicht herum, und am schlimmsten: Es gab keinen Lob.

Das Zentralkrankenhaus in Plymouth ist groß, mit Dutzenden verschiedener Abteilungen und fünf oder sechs Nebengebäuden, von denen jedes drei oder vier Eingänge hat. Am Nachmittag fiel auf, daß ein Hund vor dem Krankenhaus Position bezogen hatte und offenbar unbedingt hineinwollte. Geduldig versuchte er es zuerst an einem Eingang und dann an einem anderen, bis zum letzten, und dann fing er wieder von vorne an. Manchmal kam er im Gefolge eines Besuchers ein Stück weit hinein, doch natürlich war Tieren der Zugang verboten, und er wurde jedesmal freundlich, aber entschieden wieder hinausgebracht. Zuweilen streichelte ihn der Pförtner am Haupteingang oder bot ihm ein Stück Brot an – er sah so naß und erbärmlich und verzweifelt aus. Aber nie fraß er das Brot. Niemand schien zu ihm zu gehören oder zu wissen, woher er kam. Plymouth ist eine große Stadt, und sein Herr konnte wer weiß wo sein.

Zur Teezeit kam Oma Pearce durch den strömenden Regen, um Tochter und Schwiegersohn eine Thermoskanne heißen Tee mit Branntwein darin zu bringen. Gerade als sie den Haupteingang erreichte, schob

der Pförtner sanft, aber nachdrücklich einen großen, aufgeregten, tropfnassen Schäferhund hinaus.

»Nein, mein Alter, du darfst nicht rein. Krankenhäuser sind für Menschen, nicht für Hunde.«

»Großer Gott!« rief die alte Mrs. Pearce. »Das ist Lob! Komm, Lob, Lobby, komm her!«

Lob lief winselnd auf sie zu. Mrs. Pearce ging zum Schalter.

»Es tut mir leid, Sie dürfen diesen Hund nicht reinbringen«, sagte der Pförtner.

Mrs. Pearce war eine sehr resolute alte Dame. Sie sah dem Pförtner in die Augen.

»Jetzt passen Sie mal auf, junger Mann. Dieser Hund ist dreißig Kilometer von St. Killan hierhergelaufen, um zu meiner Enkelin zu kommen. Der Himmel mag wissen, wie er herausgefunden hat, daß sie hier ist, aber offensichtlich weiß er es. Und er sollte sein Recht bekommen! Er sollte sie sehen dürfen! Wissen Sie«, fuhr sie kampfbereit fort, »daß dieser Hund durch ganz England gelaufen ist – zweimal! –, um bei diesem Mädchen zu sein? Und da glauben Sie, daß Sie ihn mit Ihren blödsinnigen Vorschriften und Anordnungen aussperren können?«

»Ich muß den Dienstarzt fragen«, sagte der Pförtner unentschlossen.

»Tun Sie das, junger Mann.« Oma Pearce nahm resolut Platz und schloß ihren Regenschirm, und Lob saß geduldig und tropfend zu ihren Füßen. Hin und wieder schüttelte er den Kopf, als wollte er etwas Schweres um seinen Hals loswerden.

Dann kam ein müder, dünner, intelligent aussehender Mann im weißen Kittel die Treppe herunter, neben ihm ein eindrucksvoller, silberhaariger Mann im dunklen Anzug, und die beiden diskutierten leise miteinander. Oma Pearce ließ sie nicht aus den Augen und wartete ab.

»Offen gesagt – nicht viel zu verlieren«, sagte der Ältere. Der Mann im weißen Kittel trat auf Oma Pearce zu.

»Es ist eindeutig gegen jede Vorschrift, aber in einem so ernsten Fall machen wir eine Ausnahme«, sagte er leise zu ihr. »Aber nur vor der Zimmertür – und nur einen Moment lang oder zwei.«

Wortlos stand Oma Pearce auf und stapfte die Treppe hinauf. Lob folgte ihr auf dem Fuß, als wüßte er, daß sie seine ganze Hoffnung war.

In einem Gang mit grünem Bodenbelag warteten sie vor Sandys Zimmer. Die Tür war halb geschlossen. Bert und Jean waren drinnen. Alles war schrecklich

still. Eine Krankenschwester kam heraus. Der Mann im weißen Kittel fragte sie etwas, und sie schüttelte den Kopf. Sie hatte die Tür offengelassen, und jetzt konnten sie ein hohes, schmales Bett mit vielen Apparaturen darüber sehen. Sandy lag sehr flach unter der Decke, sehr still. Ihr Kopf war abgewandt. Lobs ganze Aufmerksamkeit konzentrierte sich auf das Bett. Er drängte darauf zu, doch Oma Pearce hielt ihn am Halsband fest.

»Ich habe eine Menge für dich getan, mein Lieber, jetzt benimm dich auch«, flüsterte sie grimmig. Lob stieß ein schwaches, besorgtes und bittendes Winseln aus.

Bei diesem Laut regte sich Sandy ein ganz klein wenig. Sie seufzte und bewegte leicht den Kopf. Lob winselte wieder. Und da drehte Sandy den Kopf herum. Ihre Augen öffneten sich und schauten zur Tür.

»Lob?« murmelte sie – es war nur ein Hauch von einem Ton. »Lob, Lieber?«

Der Arzt neben Oma Pearce atmete rasch und hörbar ein. Sandy schob ihren linken Arm – der nicht gebrochen war – unter der Decke vor, ließ die Hand herunterhängen und tastete, wie jeden Morgen, nach Lobs pelzigem Kopf. Der Arzt nickte langsam.

»Also gut«, flüsterte er. »Lassen Sie ihn an ihr Bett.
Aber halten Sie ihn fest.«

Oma Pearce ging mit Lob ans Bett. Jetzt konnte sie
Bert und Jean mit weißen, erschreckten Gesichtern auf
der anderen Seite des Bettes sehen. Doch sie schaute sie
nicht an. Sie betrachtete das Lächeln auf dem Gesicht
ihrer Enkelin, als Sandys tastende Finger Lobs nasse
Ohren fanden und sanft an ihnen zogen. »Braver Lob«,
flüsterte Sandy und schlief wieder ein.

Oma Pearce führte Lob hinaus auf den Gang. Dort
ließ sie ihn los, und er lief rasch die Treppe hinunter. Sie
wäre ihm gefolgt, aber Bert und Jean waren herausge-
kommen, und sie sagte heftig zu Bert:

»Ich kann nicht verstehen, warum du so töricht
warst und den Hund nicht früher zu ihr gebracht hast!
Ganz allein hat er den Weg hierher finden müssen . . .«

»Aber Mutter!« sagte Jean Pengelly. »Das kann
nicht Lob gewesen sein. Was für ein Risiko! Angenommen, Sandy hätte nicht . . .« Sie drückte ihr Taschentuch an den Mund und sprach nicht weiter.

»Nicht Lob? Ich kenne diesen Hund seit neun Jahren! Ich sollte doch wohl den Hund meiner Enkelin
kennen!«

»Hör zu, Mutter«, sagte Bert. »Lob wurde vom sel-

ben Laster getötet, der Sandy überfahren hat. Don hat ihn gefunden – als er Sandys Schultasche suchte. Er war – er war tot. Alle Rippen zerquetscht. Darüber besteht kein Zweifel. Don hat es mir am Telefon gesagt – er und Will Hoskins sind einen Kilometer weit hinaus aufs Meer gefahren und haben den Hund mit einem Zementbrocken am Hals versenkt. Armer alter Lob. Immerhin – er war nicht mehr der Jüngste. Er hätte nicht ewig gelebt.«

»Ihn im Meer versenkt? Aber was . . .«

Langsam wandten sich die alte Mrs. Pearce und dann die beiden anderen der Treppe zu und schauten auf die Spur nasser Fußabdrücke, die hinunterführte.

Im Garten haben die Pengellys einen Stein unter der Palme. Darauf steht: »Lob. Sandys Hund. Im Meer bestattet.«

Bellaude

Colette

»Madame, Bellaude ist verschwunden.«

»Seit wann?«

»Seit heute früh; seit ich die Türe aufgemacht habe. Draußen hat ein Schwarzweißer auf sie gewartet.«

»Ach, mein Gott! Hoffentlich wird sie doch abends wieder da sein!«

So war sie also fort! Bis auf den Umstand, daß dieser Monat der Hundeliebe geweiht ist, ließ nichts ihre Flucht voraussehen; sie folgte uns auf dem Fuß, ohne sich ablenken zu lassen; schön in ihrem schwarzen Kleid mit den Feuerflecken, und ihr lässiger Zehengang ließ die Afterklauen an den Hinterpfoten wie Ohrgehänge pendeln. Sie beschnupperte das Gras, kaute es, vermied hochmütig die Kreiselwut der Brüsseler Griffons. Und dann, eines Tages, blieb sie zurück, spitzte fröhlich die Ohren, spähte nach einem fernen Punkt, lächelte, und ihr ganzer Körper schrie in deutlicher Hündinnensprache:

»Ah! Da ist er!«

Noch hatte man kaum fragen können: »Wer denn?«, da war sie schon zweihundert Meter weit, denn sie hatte ihn gesehen, ihn – irgendeinen winzigen gelben Köter.

Sie bevorzugt – sie selber langgestreckt und schwe-

bend wie eine Hindin – die Zwerge, die Bastarde von Fox und Dackel, die falschen Terrier, die zitternden Miniaturen von einem Hund. Vor allem liebt sie einen weißen Pudel, seit vielen Wintern mit schmutzigem Schnee umhüllt, den kein Sommer schmilzt. Er umkreist meinen Rotstrumpf mit der resignierten Hartnäckigkeit eines alten Literaten. Er betrachtet sie von unten her, wie über eine Brille hinweg, durch seine weiße, ungepflegte Mähne hindurch. Er begleitet sie, sonst nichts, läuft in einem halben Trab hinter ihr her, der alle seine schmutzigweißen Haarsträhnen schüttelt und rüttelt.

Und nun ist sie fort! Wohin? Für wie lange? Ich habe keine Angst davor, daß sie überfahren wird oder daß man sie stiehlt; sie hat, wenn eine fremde Hand sich nach ihr ausstreckt, eine schlangenhafte Art, den Hals zu wenden, die Zähne zu zeigen, die auch die Entschlossensten abschreckt. Doch es gibt das Lasso, den Abdecker . . .

Ein Tag vergeht.

»Madame, Bellaude ist noch immer nicht zurück.«

In der Nacht hat es geregnet, ein sanfter Regen, schon ein Frühlingsregen. Wo treibt sich das Luder herum? Sie fastet; aber sie kann trinken, die Bäche fließen, der Bois spiegelt sich in den Pfützen.

Ein kleiner Hund hält vor meiner Türe Wache, vor
dem Gartengitter. Auch er wartet auf Bellaude ... Im
Bois frage ich meinen Freund, den Parkwächter, ob er
die große schwarze Hündin nicht gesehen habe, mit
Feuerflecken auf den Pfoten, auf den Brauen, auf den
Wangen ... Er schüttelt den Kopf.

»So was hab ich nicht gesehen. Was ist mir heut un-
tergekommen? Nicht viel. Weniger als nichts. Eine
Dame, die mit ihrem Gatten nicht einer Meinung war,
und ein Herr in Lackschuhen, der mich gefragt hat, ob
ich nicht in den Wächterhäusern von zwei Zimmern
wüßte, die zu vermieten wären, weil er keine Unter-
kunft habe ... Sie sehen ... nichts Ungewöhnliches.«

Noch ein Tag vergeht.

»Bellaude ist noch nicht zurück, Madame.«

Ich breche um halb zwölf zu dem gewohnten Spaziergang auf, bin entschlossen, alle Gebüsche von
Auteuil zu durchstöbern. Ein verstohlener Frühling zit-
tert dort bis in den Wind hinein, der scharf ist, wenn er
sich beeilt, weich und mild, wenn er verweilt. Keine
Spur von einer schwarzen, geflammten Hündin, dort
aber die Spitzen künftiger Hyazinthen und, schon recht
entwickelt, das Blatt der Aronswurz. Dort schwanken
Bienen, verirrt, verhungert, über das feuchte Moos, und

man kann sie in der Hand erwärmen, ohne einen Stich befürchten zu müssen. Auf dem Holunder drängt sich aus jeder Verästelung ein frisches Büschel von zartem Grün hervor. Und sechs Jahre haben mich gelehrt, in dem rauhen Triller, in der kurzen, absteigenden chromatischen Tonleiter, die sich vom Februar an einer Vogelkehle entringt, die Stimme der großen Sängerin zu erkennen, einer Nachtigall von Auteuil, die ihrem Busch treu ist, einer Nachtigall, deren Stimme im Frühling die Nächte erglänzen läßt. Über meinem Kopf studiert sie heute früh das Lied, das sie Jahr um Jahr vergißt. Immer wieder beginnt sie ihre unvollkommene chromatische Tonleiter, unterbricht sie mit einer Art eingerosteten Lachens, doch schon blinkt in manchen Noten der Kristall einer Mainacht, und wenn ich die Augen schließe, so spüre ich unwillkürlich unter diesem Gesang den Duft, der sich schwer von den blühenden Akazien herabsenkt.

Wo aber ist meine Hündin? Ich wandere an einem Zaun mit Latten aus Kastanienholz vorbei, ich steige über die Drähte, die knapp über den Boden gespannt sind, dann stoße ich gegen eine Einfriedung von Kastanien, an deren Ende mich abermals ein Draht erwartet, der knapp über den Boden gespannt ist. Welch eine per-

vers vervielfachte Besorgnis, um den Liebhaber der Landschaft abzuschrecken, dem Spaziergänger die Knochen zu brechen, Zäune und Drähte, die einen so schädlich wie die andern! Ich mache kehrt, ich bin es müde, nach all diesen Befestigungswerken an einem Zaun entlang zu gehen, der, ich schwöre es, einen zweiten Zaun schützt, der wiederum selber, ein wenig weiter, einem grüngestrichenen Holzzaun als Bollwerk dient . . . Und da wagt man, der Stadt vorzuwerfen, sie vernachlässige den Bois!

Dort, hinter einer dieser überflüssigen Einfriedungen, rührt sich etwas . . . Etwas Schwarzes . . . Flammendes . . . Weißes . . . Gelbes! Meine Hündin! Es ist meine Hündin.

O gesegnete Behörde! O schützende Barrikaden! O ewige Vorsicht der Einfriedungen! Es ist nicht allein meine Hündin, die sich hier in Sicherheit vor allen Wagen befindet, nein, außer ihr sind es noch – ein, zwei, drei, vier, fünf – fünf Hunde, die sie umkreisen, schlammbesudelt, einige schlachtenwund, alle keuchend, ermattet, und der größte erreicht im Widerrist noch keine dreißig Zentimeter . . .

»Bellaude!«

Sie hatte mich nicht kommen gehört, sie war damit

beschäftigt, die Rolle Celimenens zu spielen. Ganz gegen ihren Willen tugendhaft, durch einen Zufall unzugänglich, verliert sie bei meinem Schrei die Haltung, wirft sich im Nu vor mich hin, ist wieder nichts als Unterwürfigkeit . . .

»O Bellaude . . .!«

Sie windet sich, fleht mich an. Doch noch will ich nicht verzeihen, und ich weise nur mit theatralischer Geste über die verbotenen Bollwerke hinweg auf den Weg der Pflicht, der Heimstatt . . . Sie zaudert nicht, sie setzt über den Zaun, hat mit wenigen Sprüngen mühelos die Meute abgeschüttelt, die ihr mit hängenden Zungen folgt.

Was habe ich da getan? Und wenn Bellaude unterwegs einen Verführer von stattlicherem Wuchs treffen sollte . . .

»Madame, Bellaude ist wieder da.«

»Mit fünf Hunden?«

»Nein, Madame, mit einem großen.«

»Mein Gott, mein Gott! Wo ist er?«

»Dort, Madame, auf der Böschung.«

Ja, dort ist er, und ich erinnere mich mit einem Seufzer der Erleichterung, daß es im Liede heißt: »Gatten müssen zusammenpassen . . .« Er, der Bellaude erwar-

tet, ist eine Ulmer Dogge mit stumpfem, gleichgültigem Blick über Halsband und Maulkorb aus grünem Leder und so wuchtig, so breit, so groß – gepriesen sei der Zufall! – wie ein Kalb.

Die Jagd

Thomas Mann

Die Gegend ist reich an jagdbarem Wild, und wir jagen es; das will sagen: Bauschan jagt es, und ich sehe zu. Auf diese Weise jagen wir: Hasen, Feldhühner, Feldmäuse, Maulwürfe, Enten und Möwen. Aber auch vor der hohen Jagd scheuen wir nicht zurück, wir pirschen auch auf Fasanen und selbst auf Rehe, wenn ein solches sich, etwa im Winter, einmal in unser Revier verirrt. Das ist dann ein erregender Anblick, wenn das hochbeinige, leichtgebaute Tier, gelb gegen den Schnee, mit hochwippendem weißen Hinterteil, vor dem kleinen, alle Kräfte einsetzenden Bauschan dahinfliegt – ich verfolge den Vorgang mit der größten Teilnahme und Spannung. Nicht daß etwas dabei herauskäme; das ist noch nie geschehen und wird auch nicht. Aber das Fehlen handgreiflicher Ergebnisse vermindert weder Bauschans Lust und Leidenschaft, noch tut es meinem eignen Vergnügen den geringsten Abbruch. Wir pflegen die Jagd um ihrer selbst, nicht um der Beute, des Nutzens willen, und Bauschan ist, wie gesagt, der tätige Teil. Von mir versieht er sich eines mehr als moralischen Beistandes nicht, da er eine andre Art des Zusammenwirkens, eine schärfere und sachlichere Manier, das Ding zu betreiben, aus persönlicher und unmittelbarer Erfahrung nicht kennt. Ich betone diese Wörter: »per-

sönlich« und »unmittelbar«; denn daß seine Vorfahren,
wenigstens soweit sie der Hühnerhundlinie angehör-
ten, ein wirkliches Jagen gekannt haben, ist mehr als
wahrscheinlich, und gelegentlich habe ich mich gefragt,
ob wohl eine Erinnerung daran auf ihn gekommen sein
und durch einen zufälligen Anstoß geweckt werden
könnte. Auf seiner Stufe sondert gewiß das Leben des
Einzelwesens sich oberflächlicher von dem der Gattung
als in unserm Falle, Geburt und Tod bedeuten ein weniger tiefreichendes Schwanken des Seins, vielleicht erhalten die Überlieferungen des Geblütes sich unver-
sehrter, so daß es nur ein Scheinwiderspruch wäre, von
eingebornen Erfahrungen, unbewußten Erinnerungen
zu reden, die, hervorgerufen, das Geschöpf an seinen
persönlichen Erfahrungen irrezumachen, es damit un-
zufrieden zu machen vermöchten. Diesem Gedanken
hing ich einmal nach, mit einiger Unruhe; aber ich
schlug ihn mir ebenso bald wieder aus dem Sinn, wie
Bauschan sich offenbar das brutale Vorkommnis aus
dem Sinne schlug, dessen Zeuge er gewesen und das
mir zu meinen Erwägungen Anlaß gegeben.

Wenn ich zur Jagd mit ihm ausziehe, pflegt es Mittag zu sein, halb zwölf oder zwölf Uhr, zuweilen, besonders an sehr warmen Sommertagen, ist es auch vor-

gerückter Nachmittag, sechs Uhr und später, oder es ge-
schieht auch um diese Zeit schon zum zweitenmal; in
jedem Falle ist mein Zustand dabei ein ganz anderer als
bei unsrem ersten lässigen Ausgang am Morgen. Die
Unberührtheit und Frische jener Stunde ist längst dahin, ich habe gesorgt und gekämpft unterdessen, habe
Schwierigkeiten überwunden, daß es nur so knirschte,
mich mit dem einzelnen herumgeschlagen, während
gleichzeitig ein weitläufiger und vielfacher Zusammenhang fest im Sinne zu halten, in seinen letzten Ver-
zweigungen mit Geistesgegenwart zu durchdringen
war, und mein Kopf ist müde. Da ist es die Jagd mit
Bauschan, die mich zerstreut und erheitert, die mir die
Lebensgeister weckt und mich für den Rest des Tages,
an dem noch manches zu leisten ist, wieder instand
setzt. Aus Dankbarkeit beschreibe ich sie.

Natürlich ist es nicht so, daß wir von den Wildarten,
die ich nannte, tagweise eine bestimmte aufs Korn näh-
men und etwa nur auf die Hasen- oder Entenjagd gingen. Vielmehr jagen wir alles durcheinander, was uns
eben – ich hätte beinahe gesagt: vor die Flinte kommt;
und wir brauchen nicht weit zu gehen, um auf Wild zu
stoßen, die Jagd kann buchstäblich gleich außerhalb der
Gartenpforte beginnen, denn Feldmäuse und Maul-

würfe gibt es im Grunde des Wiesenbeckens hinter dem Hause schon eine Menge. Diese Pelzträger sind ja genaugenommen kein Wild; aber ihr heimlich-wühlerisches Wesen, namentlich die listige Behendigkeit der Mäuse, welche nicht tagblind sind wie ihre schaufelnden Vetter und sich oft an der Erdoberfläche klüglich herumtreiben, bei Annäherung einer Gefahr aber in das schwarze Schlupfloch hineinzucken, ohne daß man ihre Beine und deren Bewegung zu unterscheiden vermöchte, wirkt immerhin mächtig auf seinen Verfolgungstrieb, und dann sind gerade sie die einzige Wildart, die ihm zuweilen zur Beute wird: eine Feldmaus, ein Maulwurf, das ist ein Bissen – nicht zu verachten in so mageren Zeiten wie den gegenwärtigen, wo er in seinem Napf neben der Hütte oft nichts als ein wenig geschmacklose Rollgerstensuppe findet.

So habe ich denn kaum meinen Stock ein paar Schritte die Pappelallee hinaufgesetzt, und kaum hat Bauschan sich, um die Partie zu eröffnen, ein wenig ausgetollt, da sehe ich ihn schon zur Rechten die sonderbarsten Kapriolen vollführen: Schon hält die Jagdleidenschaft ihn umfangen, er hört und sieht nichts mehr als das aufreizend versteckte Treiben der Lebewesen rings um ihn her: gespannt, wedelnd, die Beine behut-

74

sam hochhebend, schleicht er durch das Gras, hält mitten im Schritte ein, von den Vorder- und Hinterbeinen je eins in der Luft, äugt schiefköpfig, mit spitzer Schnauze von oben herab in den Grund, wobei ihm die Lappen der straff aufgerichteten Ohren zu beiden Seiten der Augen nach vorn fallen, springt zutappend mit beiden Vorderpfoten auf einmal vorwärts und wieder vorwärts und guckt mit stutziger Miene dorthin, wo eben etwas war und wo nun nichts mehr ist. Dann beginnt er zu graben . . . Ich habe die größte Lust, zu ihm zu stoßen und den Erfolg abzuwarten; aber wir kämen ja nicht vom Fleck, er würde seine ganze für diesen Tag angesammelte Jagdlust hier auf der Wiese verausgaben. So gehe ich denn weiter, unbekümmert darum, daß jener mich einholt, auch wenn er noch lange zurückbleibt und nicht gesehen hat, wohin ich mich wandte: Meine Spur ist ihm nicht weniger deutlich als die eines Wildes, den Kopf zwischen den Vorderpfoten pirscht er ihr nach, wenn er mich aus den Augen verloren, schon höre ich das Klingeln seiner Steuermarke, seinen festen Galopp in meinem Rücken, er schießt an mir vorbei und macht kehrt, um sich wedelnd zur Stelle zu melden.

Aber draußen im Holz oder auf den Wiesenbreiten der Bachregion halte ich doch so manches Mal an und

sehe ihm zu, wenn ich ihn beim Graben nach einer Maus betreffe, angenommen selbst, daß es schon spät ist und daß ich beim Zuschauen die gemessene Zeit zum Spazierengehen versäume. Seine leidenschaftliche Arbeit ist gar zu fesselnd, sein Eifer steckt an, ich kann nicht umhin, ihm von Herzen Erfolg zu wünschen, und möchte um vieles gern Zeuge davon sein. Der Stelle, wo er gräbt, war vielleicht von außen nichts anzumerken – vielleicht ist es eine moosige, von Baumwurzeln durchzogene Erhöhung am Fuß einer Birke. Aber er hat das Wild dort gehört, gerochen, hat wohl gar noch gesehen, wie es wegzuckte; er ist sicher, daß es dort unter der Erde in seinem Gange und Baue sitzt, es gilt nur, zu ihm zu gelangen, und so gräbt er aus Leibeskräften, in unbedingter und weltvergessener Hingebung, nicht wütend, aber mit sportlich sachlicher Leidenschaft – es ist prachtvoll zu sehen. Sein kleiner getigerter Körper, unter dessen glatter Haut die Rippen sich abzeichnen, die Muskeln spielen, ist in der Mitte durchgedrückt, das Hinterteil mit dem unaufhörlich im raschen Zeitmaß hin und her gehenden Stummelschwanz ragt steil empor, der Kopf ist unten bei den Vorderpfoten in der schon ausgehobenen, schräg einlaufenden Höhlung, und abgewandten Gesichts reißt er mit den metallhar-

ten Klauen, so geschwinde es geht, den Boden weiter und weiter auf, daß Erdklumpen, Steinchen, Grasfetzen und holzige Wurzelteilchen mir bis unter die Hutkrempe fliegen. Dazwischen tönt in der Stille sein Schnauben, wenn er nach einigem Vordringen die Schnauze ins Erdreich wühlt, um das kluge, stille, ängstliche Wesen dort innen mit dem Geruchssinn zu belagern. Dumpf tönt es: Er stößt den Atem hastig hinein, um nur rasch die Lunge zu leeren und wieder einwittern – den feinen, scharfen, wenn auch noch fernen und verdeckten Mäuseduft wieder einwittern zu können. Wie mag dem Tierchen dort unten zumute sein bei diesem dumpfen Schnauben? Ja, das ist seine Sache oder auch Gottes Sache, der Bauschan zum Feind und Verfolger der Erdmäuse gesetzt hat, und dann ist die Angst ja auch ein verstärktes Lebensgefühl, das Mäuschen würde sich wahrscheinlich langweilen, wenn kein Bauschan wäre, und wozu wäre dann seine perläugige Klugheit und flinke Minierkunst gut, wodurch die Kampfbedingungen sich reichlich ausgleichen, so daß der Erfolg des Angreifers immer recht unwahrscheinlich bleibt? Kurzum, ich fühle kein Mitleid mit der Maus, innerlich bin ich auf Bauschans Seite, und oftmals leidet es mich nicht in der Rolle des Zuschauers:

Mit dem Stock greife ich ein, wenn ein festeingebetteter Kiesel, ein zäher Wurzelstrang ihm im Wege ist, und helfe ihm bohrend und hebend das Hindernis zu beseitigen. Dann sendet er wohl, aus der Arbeit heraus, einen raschen, erhitzten Blick des Einverständnisses zu mir empor. Mit vollen Kinnbacken beißt er in die zähe, durchwachsene Erde, reißt Schollen ab, wirft sie beiseite, schnaubt abermals dumpf in die Tiefe und setzt, von der Witterung befeuert, die Klauen wieder in rasende Tätigkeit . . .

In der großen Mehrzahl der Fälle ist das alles verlorene Mühe. Mit erdiger Nase, bis zu den Schultern beschmutzt, spürt Bauschan noch einmal oberflächlich an dem Orte umher und läßt dann ab davon, trollt sich gleichgültig weiter. »Es war nichts, Bauschan«, sage ich, wenn er mich ansieht. »Nichts war es«, wiederhole ich, indem ich der Verständlichkeit halber den Kopf schüttle und Brauen und Schultern emporziehe. Aber es ist nicht im mindesten nötig, ihn zu trösten, der Mißerfolg drückt ihn keinen Augenblick nieder. Jagd ist Jagd, der Braten ist das wenigste, und eine herrliche Anstrengung war es doch, denkt er, soweit er überhaupt noch an die eben so heftig betriebene Angelegenheit zurückdenkt; denn schon ist er auf neue Unternehmungen aus,

zu denen es in allen drei Zonen an Gelegenheit wahrhaftig nicht fehlt.

Aber es kommt auch vor, daß er das Mäuschen erwischt, und das läuft nicht ohne Erschütterung für mich ab, denn er frißt es ja ohne Erbarmen bei lebendigem Leibe mit Pelz und Knochen, wenn er seiner habhaft wird. Vielleicht war das unglückselige Wesen von seinem Lebenstriebe nicht gut beraten gewesen und hatte sich eine allzu weiche, ungesicherte und leicht aufwühlbare Stelle zu seinem Bau erwählt; vielleicht reichte der Stollen nicht tief genug, und vor Schreck war es dem Tierchen mißlungen, ihn rasch weiter hinab zu treiben, es hatte den Kopf verloren und hockte nun wenige Zoll unter der Oberfläche, während ihm bei dem furchtbaren Schnauben, das zu ihm drang, vor Entsetzen die Perläuglein aus dem Kopfe traten. Genug, die eiserne Klaue legt es bloß, wirft es auf – herauf, an den grausamen Tag, verlorenes Mäuschen! Mit Recht hast du dich so geängstigt, und es ist nur gut, daß die große berechtigte Angst dich wahrscheinlich schon halb bewußtlos gemacht hat, denn nun wirst du in Speisebrei verwandelt. Er hat es am Schwanz, zwei-, dreimal schleudert er es am Boden hin und her, ein ganz schwaches Pfeifen wird hörbar, das letzte dem gottverlass'nen Mäuschen

vergönnte, und dann schnappt Bauschan es ein, in seinen Rachen, zwischen die weißen Zähne. Breitbeinig, die Vorderpfoten aufgestemmt, mit gebeugtem Nacken steht er da und stößt beim Kauen den Kopf vor, indem er den Bissen gleichsam immer von neuem fängt und ihn sich im Maule zurechtwirft. Die Knöchlein knacken, noch hängt ein Pelzfetzen einen Augenblick im Winkel seines Maules, er fängt ihn, dann ist es geschehen, und Bauschan beginnt eine Art von Freuden- und Siegestanz um mich herum aufzuführen, der ich auf meinen Stock gelehnt an der Stätte stehe, wie ich während des ganzen Vorganges zuschauend gestanden habe. »Du bist mir einer!« sage ich mit grausenvoller Anerkennung zu ihm und nicke. »Ein schöner Mörder und Kannibale bist du mir ja!« Auf solche Worte hin verstärkt er sein Tanzen, und es fehlt nur, daß er laut dazu lachte. So gehe ich denn auf meinem Pfade weiter, etwas kalt in den Gliedern von dem, was ich gesehen habe, und doch auch wieder aufgeräumt in meinem Innern durch den rohen Humor des Lebens. Die Sache ist in der natürlichen Ordnung, und ein von seinen Instinkten mangelhaft beratenes Mäuschen wird eben in Speisebrei verwandelt. Aber lieb ist es mir doch, wenn ich in solchem Falle der natürlichen Ordnung nicht mit

dem Stock nachgeholfen, sondern mich rein betrachtend verhalten habe.

Es ist erschreckend, wenn plötzlich der Fasan aus dem Dickicht bricht, wo er schlafend saß oder wachend unentdeckt zu bleiben hoffte, und von wo Bauschans Spürnase nach einigem Suchen ihn aufstörte. Klappernd und polternd, unter angstvoll entrüstetem Geschrei und Gegacker erhebt sich der große, rostrote, langbefiederte Vogel und flüchtet sich, seinen Kot aus der Höhe ins Holz fallen lassend, mit der törichten Kopflosigkeit des Huhns auf einen Baum, wo er fortfährt zu zetern, während Bauschan, am Stamme aufgerichtet, stürmisch zu ihm emporbellt. »Auf, auf!« heißt dieses Gebell. Flieg weiter, alberner Gegenstand meiner Lust, daß ich dich jagen kann! Und das Wildhuhn widersteht nicht der mächtigen Stimme, rauschend löst es sich wieder von seinem Zweige und macht sich schweren Fluges durch die Wipfel weiter davon, immer krähend und sich beklagend, indes Bauschan es zu ebener Erde scharf und in männlichem Stillschweigen verfolgt.

Hierin besteht seine Wonne; er will und weiß nichts weiter. Denn was wäre auch, wenn er des Vogels habhaft würde? Nichts wäre – ich habe gesehen, wie er ei-

nen zwischen den Klauen hatte, er mochte ihn in tiefem Schlafe betreten haben, so daß das schwerfällige Geflügel sich nicht rechtzeitig vom Boden hatte erheben können; nun stand er über ihm, ein verwirrter Sieger, und wußte nichts damit anzufangen. Einen Fittich gespreizt, mit weggedehntem Halse lag der Fasan im Grase und schrie, schrie ohne Pause, daß es klang, wie wenn im Gebüsch eine Greisin gemordet würde, und ich herzueilte, um etwas Gräßliches zu verhüten. Aber ich überzeugte mich rasch, daß nichts zu befürchten sei: Bauschans zutage liegende Ratlosigkeit, die halb neugierige, halb angewiderte Miene, mit der er schiefköpfig auf seinen Gefangenen niederblickte, versicherte mich dessen. Das Weibsgeschrei zu seinen Füßen mochte ihm auf die Nerven gehen, der ganze Zufall ihm mehr Verlegenheit als Triumph bereiten. Rupfte er ehren- und schandenhalber das Wild ein wenig? Ich sah, glaube ich, daß er ihm mit den Lippen, ohne die Zähne zu brauchen, ein paar Federn aus seinem Kleide zog und sie mit ärgerlichem Kopfschleudern beiseite warf. Dann trat er ab von ihm und gab ihn frei – nicht aus Großmut, sondern weil die Sachlage ihn langweilte, ihm nichts mehr mit fröhlicher Jagd zu tun haben schien. Nie habe ich einen verblüffteren Vogel gesehen! Er hatte mit dem

Leben wohl abgeschlossen, und es schien vorübergehend, als wisse er keinen Gebrauch mehr davon zu machen: Wie tot lag er eine Weile im Grase. Dann taumelte er ein Stück am Boden hin, schwankte auf einen Baum, schien herunterfallen zu wollen, raffte sich auf und suchte mit schwer schleppenden Gewändern das Weite. Er schrie nicht mehr, er hielt den Schnabel. Stumm flog er über den Park, den Fluß, die jenseitigen Wälder, fort, fort, so weit wie möglich, und ist gewiß nie wiedergekommen.

Aber es gibt viele seinesgleichen in unserm Revier, und Bauschan jagt sie in Züchten und Ehren. Der Mäusefraß bleibt seine einzige Blutschuld, und auch sie erscheint als etwas Entbehrlich-Beiläufiges, das Spüren, Auftreiben, Rennen, Verfolgen als hochherziger Selbstzweck – jedem erschiene es so, der ihn bei diesem glänzenden Spiele beobachtete. Wie schön er wird, wie idealisch, wie vollkommen! So wird der bäurische, plumpe Gebirgsbursch vollkommen und bildhaft, steht er als Gemsjäger im Gesteine. Alles Edle, Echte und Beste in Bauschan wird nach außen getrieben und gelangt zu prächtiger Entfaltung in diesen Stunden; darum verlangt er so sehr nach ihnen und leidet, wenn sie unnütz verstreichen. Das ist kein Pinscher, das ist der Weidner

und Spürer, wie er im Buche steht, und hohe Freude an sich selbst spricht aus jeder der kriegerischen, männlich ursprünglichen Posen, die er in stetem Wechsel entwickelt. Ich wüßte nicht viele Dinge, die mir das Auge erquickten wie sein Anblick, wenn er in federndem Trabe durch das Gestrüpp zieht und dann gefesselt dasteht, eine Pfote zierlich erhoben und nach innen gebogen, klug, achtsam, bedeutend, in schöner Spannung aller seiner Eigenschaften! Dazwischen quiekt er. Er hat sich mit dem Fuße in etwas Dornigem verfangen, und laut schreit er auf. Aber auch das ist Natur, auch das erheiternder Mut zur schönen Einfalt, und nur flüchtig vermag es seine Würde zu beeinträchtigen, die Pracht seiner Haltung ist im nächsten Augenblicke wieder vollkommen hergestellt.

Schnapp, der Bullterrier

E. Thompson-Seton

In der Abenddämmerung bekam ich ihn zum erstenmal zu sehen. Früh am Morgen war von meinem Studiengenossen Jack ein Telegramm eingelaufen: »Zur Erinnerung. Anbei erhältst du einen bemerkenswerten jungen Hund. Sei höflich gegen ihn, es ist sicherer.« Es hätte Jack ganz ähnlich gesehen, wenn er mir eine Höllenmaschine oder ein schleichendes Stinktier geschickt und als jungen Hund ausgegeben hätte; so erwartete ich das Paket voll Neugierde. Als es ankam, bemerkte ich die Aufschrift: »Vorsicht – beißt!«, und bei jeder leichten Berührung drang ein Knurren hervor. Durch das Drahtgitter sah ich, daß es kein junger Tiger, sondern ein kleiner, weißer Bullterrier war. Er schnappte nach mir und nach jedem und allem, was ihm plötzlich vor Augen oder was ihm zu nahe kam, und sein knurrendes Gebell verletzte fast beständig die Ohren. Man kann zwei Arten von Hundegebell unterscheiden: das eine tieftönig aus der Brust heraus, es bedeutet eine höfliche Warnung; das andere hat seinen Sitz im Maul und erfolgt in viel höherem Ton, es ist das letzte Wort vor tätlichem Angriff. Das Heulen des Terriers war stets von der letzteren Art. Ich als Hundefreund dachte, ich verstehe mich gründlich auf Hunde, und holte, als der Pförtner, der das Paket gebracht hatte, fort war, mein

Patent-Hammer-Schere-Zahnstocher-Nagelfeile-Pfropfenzieher-Schrauben-Schaufel-Messer, eine Besonderheit unserer Firma, hervor und machte mich daran, mittels dieses vielseitigen Instruments das Drahtnetz zu entfernen. O ja, ich verstand mich gründlich auf Hunde. Die kleine Furie hatte bei jedem Gebrauch meines Patentmessers ein sehr ehrlich gemeintes Geknurr von sich gegeben, und sobald sich das Drahtgitter etwas hob, machte sie geradewegs einen Marsch-Marsch-Angriff auf meine Beine. Zum Glück blieb mein ungestümer Gast mit einem seiner Füße am Gitter hängen und wurde so festgehalten, sonst wäre ich sicher gebissen worden, denn sein Streben war offenbar aufrichtig und herzhaft. Ich aber sprang auf meinen Tisch und suchte mich mit ihm zu verständigen. Immer war ich der Meinung, daß man mit Tieren sprechen müsse. Ich behaupte, daß ihnen zum mindesten unsere Absicht ein wenig zum Verständnis kommt, wenn sie auch unsere Worte nicht fassen können. Zuerst nahm der kleine Vierbeiner unter dem Tische Stellung und hielt ringsum scharfe Wache, ob vielleicht ein Bein herunterzukommen versuchte. Ich war überzeugt, daß ich ihn mit meinen Augen beherrschen könne, aber ich konnte es, wo ich war, nicht wirken lassen oder vielmehr nicht

da, wo er war; so mußte ich mich denn als Gefangenen bekennen. Ich bin ein sehr kaltblütiger Mensch, wie ich mir schmeichle; in der Tat bin ich Vertreter einer Eisenwarenhandlung, und wir stehen im allgemeinen niemand an Kaltblütigkeit nach, es müßten denn die wortreichen Herren Vertreter der »Kleiderbranche« sein. Ich langte mir eine Zigarre aus der Brusttasche und rauchte sie als Standbild auf meinem Tisch, während mein kleiner Tyrann unten beharrlich auf Beinwache stand. Noch einmal nahm ich das Telegramm zur Hand und las: ». . . einen bemerkenswerten Hund. Sei höflich gegen ihn, es ist sicherer.« Ich glaube, meine Kaltblütigkeit war wirksamer als meine Höflichkeit, denn nach einer halben Stunde hörte das Knurren auf. Nach einer Stunde sprang er nicht mehr nach einer Zeitung, die ich vorsichtig über den Tischrand schob, um seine Laune zu erkunden; vielleicht verlor sich allmählich die gereizte Stimmung, in die ihn der Aufenthalt in dem engen Käfig versetzt hatte. Als ich meine dritte Zigarre anzündete, da watschelte er bereits unter dem Tisch hervor zum Ofen hin und legte sich dort nieder, doch nicht etwa, als ob er mir keine Beachtung mehr geschenkt hätte; über diese Art von Mißachtung hatte ich mich nicht zu beklagen. Er hielt beständig ein Auge auf mich

gerichtet, und ich richtete beide Augen nicht auf ihn, sondern auf seinen Schwanzstummel. Wenn dieser, sagte ich mir, nur einmal von rechts nach links pendeln sollte, so hätte ich gewonnenes Spiel, aber er pendelte nicht. Ich erreichte ein Buch und las darin, bis mir die Beine krampfig wurden und das Feuer heruntergebrannt war. Um zehn Uhr abends wurde es recht kühl, und um halb elf war das Feuer völlig aus. Das Geschenk meines Universitätsfreundes erhob sich, gähnte und streckte sich und begab sich dann unter mein Bett, wo es ein kleines Bodenfell fand, das ihm als Lagerstätte zu passen schien. Leise stieg ich vom Tisch auf den Speiseschrank, dann auf den Kaminsims und kam von da glücklich aufs Bett. Hier zog ich mich mit möglichst wenig Geräusch und möglichst wenig Bewegungen aus und konnte dann, ohne eine mißbilligende Kritik seitens meines Herrn hervorzurufen, glücklich hineingelangen. Noch war ich nicht eingeschlafen, als ich ein leichtes Kratzen unter meinem Bett hörte und dann fühlte, wie etwas aufs Bett kam und mir klump-plump auf die Füße fiel; offenbar hatte es Schnapp da unten zu kühl gefunden und beanspruchte das Beste und Wärmste, was mein Heim bot. Er rollte sich auf meinen Füßen in einer Weise zusammen, daß es mir sehr unangenehm

war und ich den Versuch machte, mir eine bequemere Lage zu verschaffen; aber die geringste Bewegung meiner kleinen Zehe genügte, ihn so wütend danach schnappen zu lassen, daß mich nur die dicke Wolldecke vor lebenslänglicher Verstümmelung bewahrte.

Eine geschlagene Stunde lang bewegte ich meine Füße bei jedem Vorrücken nur um Haaresbreite, bis sie so lagen, daß ich schlafen konnte, und mehrmals weckte mich in der Nacht zorniges Knurren – ich vermute, weil ich gewagt hatte, eine Zehe ohne seine Genehmigung zu bewegen, einmal wohl auch schon deshalb, weil ich schnarchte.

Am Morgen war ich zum Aufstehen bereit, ehe Schnapp so weit war. Der Leser sieht, daß ich ihn Schnapp nenne. Es ist schwer, für manche Hunde einen bezeichnenden Namen zu finden, und manche benennen sich, kann man sagen, selbst.

Also, ich wollte um sieben Uhr aufstehen, Schnapp um acht; so standen wir natürlich um acht auf. Gegen den Mann, der Feuer anmachte, verhielt er sich ziemlich gleichgültig. Er gestattete mir auch, mich anzuziehen, ohne daß ich auf den Tisch steigen mußte. Als ich dann das Zimmer verließ, um zu frühstücken, sagte ich:

»Schnapp, mein Freund, es gibt Leute, die würden

dich anders drillen; aber ich denke, ich weiß einen besseren Weg. Die Doktoren sind jetzt sehr für eine Hungerkur. Die will ich versuchen.«

Es scheint grausam zu sein, aber ich gab ihm den ganzen Tag nichts zu fressen. Ich mußte allerdings die Tür neu streichen lassen, wo er sie abgekratzt hatte; dafür nahm er aber abends gern das Futter aus meiner Hand.

In einer Woche waren wir sehr gute Freunde. Er schlief nun auf meinem Bett, und ich konnte meine Füße bewegen, ohne daß er in ernstlicher Absicht nach ihnen schnappte. Die kurze Hungerkur hatte Wunder gewirkt; in drei Wochen waren wir nun, kurz gesagt, Mann und Hund, und er rechtfertigte durchweg das Telegramm, das seine Ankunft gemeldet hatte.

Furcht schien er nicht zu kennen. Kam ein kleiner Hund in seine Nähe, so schenkte er ihm nicht die geringste Beachtung; war es ein Hund von mittlerer Größe oder gar ein großer Hund, so richtete er seinen Stumpf von einem Schwanz starr in die Höhe, ging dann um den Fremden herum, kratzte verächtlich mit den Hinterfüßen und sah auf den Himmel, in die Ferne, auf den Boden, kurz, überallhin, nur nicht auf den Hund, und nahm von ihm nur durch wiederholte hohe

Knurrtöne Kenntnis. Ging der Fremde nicht sofort seiner Wege, so hob die Rauferei an, und dann fand der Fremde gewöhnlich sehr schnell seinen Weg. Manchmal zog Schnapp auch den kürzeren, aber keine noch so schlimme Erfahrung konnte ihn bewegen, auch nur eine Spur vorsichtiger zu verfahren. Als ich einmal zur Zeit einer Hundeausstellung in der Droschke fuhr, bekam Schnapp einen riesigen Bernhardiner zu Gesicht, der eben ins Freie geführt wurde. Seine große Gestalt erregte in der Brust des jungen Hundes eine solche Begeisterung, daß er, um mit ihm zu balgen, aus dem Droschkenfenster sprang und sich dabei ein Bein brach.

Ja, Furcht kannte der kleine Kerl nicht, und er war auch sonst in manchem anders als alle Hunde, die ich gesehen habe. Wenn beispielsweise ein Knabe einen Stein nach ihm warf, so lief er nicht davon, sondern auf den Knaben zu, und wiederholte sich das Werfen, so nahm Schnapp selbst das Gesetz in die Hand, und so erwarb er sich wenigstens allgemeine Achtung. Nur meine Person und der Pförtner schienen seine sanfteren Gefühle zu wecken und wurden der hohen Ehre persönlicher Freundschaft gewürdigt, eine Ehre, die ich im Laufe der Monate immer höher schätzenlernte, und im Hochsommer hätten Carnegie, Vanderbilt und Astor

zusammen nicht so viel Geld aufbringen können, um auch nur das Viertel eines Anteilscheines an meinem kleinen Schnapp zu erwerben.

***

Wenn ich auch nicht regelmäßig zu reisen hatte, so mußte ich doch im Herbst in Geschäften fort, und Schnapp und meine Hauswirtin blieben zusammen zurück, was aber nicht guttat: Mißachtung seinerseits, Furcht ihrerseits und Abneigung beiderseits.

Ich hatte Stacheldraht im nördlichen Drittel der Vereinigten Staaten abzusetzen. Nur einmal in der Woche wurden mir meine Briefe zugesandt, und meine Hauswirtin erhob verschiedentlich Klage gegen Schnapp.

Als ich nach Mendoza in Norddakota kam, fand ich dort starke Nachfrage nach Draht. Natürlich setzte ich meine Ware an große Eisenwarenhändler ab, doch ich suchte auch die Viehzüchter auf den Farmen auf, um ihre praktische Ansicht über die verschiedenen Drahtsorten zu hören, und so kam ich auch zu der großen Viehfarm oder der Ranch der Gebrüder Penroof.

Man konnte sich damals nicht lange in einer Gegend, wo Rindviehzucht getrieben wird, aufhalten, ohne daß

man von dem Schaden hörte, den die immer gierigeren Wölfe anrichteten. Die Zeiten waren vorüber, wo man sie in Massen vergiften konnte, und sie waren eine erhebliche Verlustquelle für den Farmer. Die Brüder Penroof hatten, wie neuerdings die meisten Viehzüchter, das Giftlegen und Fallenstellen fast ganz aufgegeben und versuchten es nun mit der Züchtung und Verwendung verschiedener Hunderassen zum Zwecke der Wolfsjagd, in der Hoffnung, daß so bei der unerläßlichen Bekämpfung der Wolfspest noch ein kleiner Sport für sie herausspringe.

Fuchshunde hatten aber versagt, sie waren nicht genügend kampflustig; die großen dänischen Doggen waren zu plump, und Windhunde konnten dem Wild nur so lange folgen, als sie es vor Augen hatten. Jede Rasse hatte irgendeinen Fehler, aber die Viehzüchter hofften ihr Ziel mit einer gemischten Meute zu erreichen, und so konnte ich mich auch an dem Tag, wo ich zur Teilnahme an einer Wolfsjagd bei Mendoza eingeladen war, an der Mannigfaltigkeit der mitgenommenen Hunde ergötzen. Es waren verschiedene Köter darunter, aber auch einige Rassehunde reinster Zucht, insbesondere ein paar russische Wolfshunde, die schweres Geld gekostet haben mußten.

Der älteste Bruder, Hilton Penroof, »der Hundemeister«, war nicht wenig stolz auf sie und erwartete Großes von ihnen.

»Windhunde«, sagte er, »haben ein zu dünnes Fell, um es gut mit einem Wolf aufnehmen zu können; die Dänen sind zu langsam, aber Sie werden sehen, wie die Wolle fliegt, wenn meine Russen mitmachen.«

So sollten also die Windhunde das Laufen besorgen, die Russen das Raufen, und die Dänen bildeten die Rückstellung. Auch zwei oder drei Fuchshunde nahmen teil, um mit ihren feinen Nasen die Fährte zu verfolgen, wenn das Wild außer Sicht war.

Es war ein schöner Oktobertag, als wir hinausritten in die wellige Prärie. Die Luft war hell und frisch, aber trotz der vorgerückten Jahreszeit spürten wir noch nichts von Schnee oder Frost. Die Pferde waren jung und zeigten mir mehrmals, wie es ein Präriepony anstellt, wenn es seinen Reiter absetzen will.

Ungeduldig zerrten die Hunde an den Leinen, und als wir ein paar graue Punkte fern in der Ebene entdeckten, die Hilton für Kojoten oder Wölfe erklärte, eilte alles hoffnungsvoll vorwärts. Aber als der Abend gekommen war, hatten wir keine Spur von Siegeszeichen einer Wolfsjagd aufzuweisen; man hätte denn eine

arge Wunde, die der eine Windhund an der Schulter hatte, dazu rechnen müssen.

Die Brüder Penroof waren über das unerwartete Ergebnis mißmutig; sie machten ihrem Ärger durch Schimpfen über ihre Hunde Luft und schienen auch ihr Vertrauen auf die kostspieligen Russen verloren zu haben.

Ich aber konnte mir den Mißerfolg nur auf eine Weise erklären. Die Hunde waren wohl schnell und stark, aber ein Grauwolf versteht sie regelmäßig in Schrecken zu setzen. Sie bringen es nicht fertig, ihm offen entgegenzutreten, und so gelingt es ihm regelmäßig, davonzukommen. Dabei wanderten meine Gedanken unwillkürlich zu meinem furchtlosen kleinen Bettgenossen. O wäre er nur hier, dachte ich, so hätten diese Waschlappen von Hunden ein Muster, das im Augenblick der Gefahr gewiß nicht versagen würde.

Als ich am nächsten Tag nach Baroka weiterfuhr, fand ich dort ein Paket Briefe, darunter zwei Schreiben meiner Hauswirtin; in dem ersten schrieb sie, »das Vieh von Hund habe sich in meinem Zimmer schändlich aufgeführt«. Das zweite lautete noch energischer und forderte Schnapps sofortige Entfernung aus dem Hause.

»Warum soll ich ihn mir nicht nach Mendoza nach-

schicken lassen?« sagte ich zu mir. »'s sind nur zwanzig Stunden Eisenbahnfahrt, und die Leute dort sind froh, wenn sie ihn haben. Bin ich mit meiner Geschäftsreise fertig, so fahre ich über Mendoza heim und nehme ihn mit.«

***

Mein nächstes Zusammentreffen mit Schnapp war unserer ersten Begegnung nicht so unähnlich, wie man hätte meinen sollen. Er sprang auf mich zu, tat ganz, als ob er mich beißen wollte, und heulte fast beständig, aber es war ein aus der Brust kommendes, tieferes Heulen als das erstemal, und sein Schwänzlein wedelte kräftig hin und her.

Die Penroofs hatten inzwischen noch eine ganze Reihe von Wolfsjagden veranstaltet und waren schwer enttäuscht, daß sie dabei nicht erfolgreicher gewesen waren als das erstemal. Die Hunde konnten wohl jedesmal Wölfe aufspüren und einholen, aber sie konnten sie nicht töten, und die Männer kamen nicht nahe genug, um sich über die Ursache des Mißerfolges klarzuwerden.

Am nächsten Morgen ritten wir wieder beizeiten

aus; es waren im übrigen dieselben Männer, Pferde und Hunderassen, nur eine Kleinigkeit war dazu gekommen, mein kleiner, weißer Hund, der sich beständig in meiner Nähe hielt, und nicht nur, was ihm von Hunden zu nahe kam, sondern auch die Pferde liefen Gefahr, mit seinen scharfen Zähnen Bekanntschaft zu machen.

Niemals werde ich jene Jagd vergessen. Wir befanden uns auf einer jener flachen Präriewellen, die eine weite, fast unendlich scheinende Aussicht gewähren, als Hilton, der den Horizont durch ein Fernrohr absuchte, ausrief: »Ich seh' ihn. Da geht er, nach dem Schädelbache zu. 's wird ein Kojote sein.«

Nun ist das erste, die Windhunde dahinzubringen, daß sie die Beute vor Augen bekommen – was keine leichte Sache war, da der Boden mit Salbeibüscheln bestanden war, die die Hunde überragten.

Aber Hilton rief: »Hallo, Dander«, lehnte sich seitlich vom Sattel und streckte dabei einen Fuß aus. Mit einem geschickten Satz sprang Dander hinauf und stand, das Gleichgewicht haltend, auf dem Sattel, während Hilton seine Hand ausstreckte. »Dort ist er; sieh dort; sieh ihn!« Der Hund blickte angestrengt nach der Richtung, in die sein Herr wies; dann schien er den Wolf zu

sehen, denn er sprang mit leisem Bellen zur Erde und
eilte davon. Die anderen folgten ihm in immer länger
werdendem Zuge, und wir ritten, so schnell wir konnten, hinterdrein, blieben aber immer weiter hinter der
Meute zurück, da der Boden von Rissen durchfurcht,
von Dachshöhlen unterwühlt und mit Steinen und Ge-
sträuch bedeckt war, so daß man einen ungezügelten
Galopp nicht wagen durfte.

Wie gesagt, wir blieben alle zurück und ich, als der
mindest Sattelfeste, am meisten. Mehrmals konnten
wir die Hunde sehen, wie sie über die Ebene dahinflo-
gen oder in einer Schlucht verschwanden, um bald wieder jenseits zum Vorschein zu kommen. Dander, der
Windhund, war an der Spitze, und als wir auf die nächste Erdwelle kamen, konnten wir die ganze Jagd
überblicken. Vorn jagte in voller Eile ein Präriewolf, ein
Kojote, dahin und dahinter, mit einem Zwischenraum
von etwa vierhundert Metern, der sich aber sichtlich
verringerte, die Hunde.

Als wir sie wieder zu Gesicht bekamen, war der Kojote tot, und die Hunde saßen keuchend herum; nur die
beiden Fuchshunde und Schnapp waren nicht dabei.

»Zu spät zur Tat«, bemerkte Hilton mit einem Blick
auf die Fuchshunde. Dann streichelte er Dander stolz

und sagte, zu mir gewandt: »Sehen Sie, 's ging auch ohne Ihren Kleinen.«

Vater Penroof aber murmelte spöttisch: »Mächtig tapfer, wenn zehn große Hunde mit einem kleinen Kojoten fertig werden. Woll'n doch sehen, wie sie's bei 'nem Grauen machen.«

Am nächsten Tag ging es wieder hinaus, denn ich war entschlossen, über die Sache ins klare zu kommen.

Von einer Anhöhe bemerkten wir einen grauen Fleck, der sich fortbewegte. Ein weißer Fleck bedeutete eine Antilope, ein roter einen Fuchs, ein grauer entweder einen Grauwolf oder einen Kojoten, und hier entscheidet die Haltung des Schweifes. Zeigt diesen das Glas nach unten gerichtet, so ist's ein Kojote, bei der Richtung nach oben ein verhaßter Grauwolf.

Dander wurde das Wild gezeigt wie am Tage vorher, und er war wieder der Führer der bunten Gesellschaft, die ihm folgte – Windhunde, Wolfshunde, Fuchshunde, Dänen, Bullterrier, Reiter.

Einen Augenblick rollte sich wieder das ganze Bild der Jagd deutlich vor unseren Augen ab; sicher war das Wild diesmal ein echter Wolf. Ich weiß nicht, aber mir kam es vor, als rennten die vordersten Verfolger nicht so schnell wie am Tag vorher. Wie aber die Sache sich

weiterentwickelt hatte, konnte niemand sagen, denn die
Hunde kamen einer nach dem anderen zurück, und von
dem Wolf war nichts mehr zu sehen.

Vater Penroof machte wieder spöttische Bemerkungen über die Trefflichkeit und Tapferkeit der ganzen
Meute, und Hilton konnte sich nicht enthalten, über
den furchtlosen, unübertrefflichen Terrier zu sticheln,
worauf ich entgegnete: »Ich weiß nicht. Mir scheint's, er
hat den Wolf gar nicht gesehen; wenn es aber je der Fall
ist, so wette ich, er geht darauf los auf Leben und Tod.«

In der nächsten Nacht wurden mehrere Kühe dicht
bei dem Hof getötet, und wir fühlten uns zu einer
neuen Jagd angespornt.

Der Verlauf war im Anfang wieder etwa der gleiche.
Spät am Nachmittag erspähten wir keine achthundert
Meter vor uns einen grauen Gesellen mit aufgerichte-
tem Schwanze. Hilton ließ Dander auf den Sattel springen. Ich folgte seinem Beispiel, um Schnapp ebenfalls
anzuregen. Mit seinen kurzen Beinen mußte er mehrmals springen, ehe er hinaufkam; schließlich gelang es
ihm aber, mit Benutzung meines ausgestreckten Beines
als Zwischenstation hinaufzuklettern. Eine Minute
lang mußte ich hinzeigen und aufmerksam machen, bis
er das Wild erblickte. Dann aber rannte er hinter den

schon vorauseilenden Windhunden her mit einem Eifer, der viel versprach.

Diesmal führte uns die Jagd nicht zu dem durchbrochenen Gelände am Fluß entlang, sondern der hochliegenden, offenen Ebene zu, und zwar aus Gründen, die später klar wurden. Wir waren dicht beieinander, als wir zur Hochebene aufritten, und sahen die Jagd etwa achthundert Meter vor uns, gerade als Dander den Wolf einholte und nach seiner Flanke schnappte. Der Wolf wandte sich gegen seinen Verfolger, und es bot sich uns ein anziehendes Schauspiel. Die Hunde kamen zu zweien oder dreien heran und umstellten den Wolf bellend im Kreise, bis zuletzt der kleine Weiße auf der Bildfläche erschien. Ohne sich lange mit Bellen aufzuhalten, sprang er geradewegs dem Wolf an die Kehle, verfehlte sie zwar, packte ihn aber, wie es schien, an der Schnauze; dann griffen auch die großen Hunde ein, und in zwei Minuten war der Wolf tot. Wir waren schnell geritten, um den Kampf möglichst von nahem zu verfolgen, und konnten wenigstens so viel sehen, daß Schnapp meine Versicherungen nicht Lügen gestraft hatte.

Nun vergalt ich die spitzen Bemerkungen vom Tage vorher mit gleicher Münze. Schnapp hatte den Weg ge-

zeigt, und die Meute hatte unter seiner Führerschaft endlich doch einen Wolf ohne Mithilfe der Menschen zur Strecke gebracht.

Zweierlei beeinträchtigte jedoch die Siegesfreude; erstens war es ein junger Wolf, kein völlig ausgewachsener, woraus sich sein törichtes Laufen in die offene, unbehinderte Prärie erklärte, und sodann war Schnapp verwundet; der Wolf hatte ihm eine schlimme Wunde an der Schulter beigebracht.

Als wir in stolzem Zuge heimritten, sah ich, daß er ein wenig hinkte. »Hier«, rief ich, »komm herauf, Schnapp!« Er versuchte ein paarmal, auf den Sattel zu springen, brachte es aber nicht fertig. »Hilton«, sagte ich, »helfen Sie ihm 'rauf!«

»Danke, hab' nicht gern mit Klapperschlangen zu tun«, war seine Antwort, denn jeder wußte nun, daß es nicht geraten war, mit Schnapp anzubinden. »Hier, Schnapp, faß!« sagte ich und hielt ihm meine Reitgerte hin. Er packte sie; so zog ich ihn herauf, legte ihn vorn auf den Sattel und brachte ihn zur Farm. Hier pflegte ich ihn, als sei er mein Kind. Er hatte den Viehzüchtern gezeigt, wie sie den schwachen Punkt ihrer Meute beseitigen konnten. Die Fuchshunde mögen gut zu brauchen sein und die Windhunde schnell und die Russen

und die Dänen gute Raufer sein, aber doch sind sie alle
nichts nutz ohne den unerschrockenen Mut und das
Ungestüm des Bullterriers. An dem Tage lernten die
Viehfarmer, wie sich die Wolfsfrage glücklich lösen
läßt, wie jeder finden wird, wenn er nach Mendoza
kommt; denn jede für Wolfsjagden bestimmte Hunde-
meute enthält jetzt einen Bullterrier, womöglich von
der Schnapp-Mendoza-Zucht.

***

Am nächsten Tage war Allerseelen, der Jahrestag von
Schnapps Ankunft. Das Wetter war klar, hell und nicht
zu kalt, und der Boden schneefrei. Gewöhnlich wurde
der Festtag auf der Farm durch irgendeine Jagd gefeiert,
und diesmal sollte es natürlich den Wölfen gelten. Zu
aller Enttäuschung befand sich Schnapp wegen seiner
Wunde in schlechtem Zustande. Er schlief wie gewöhnlich zu meinen Füßen, und blutige Flecken bezeichneten jetzt den Platz. Gegen die Wölfe kämpfen konnte er
nicht, aber die Wolfsjagd war nun einmal festgesetzt
und sollte trotzdem stattfinden. So wurde er in eine
Scheune gelockt und dort eingeschlossen, während wir
fortritten, ich mit dem vorahnenden Gefühl drohenden

Unheils. Ich wußte, daß wir ohne meinen Hund kein Glück haben würden, ließ mir aber freilich nicht träumen, in welchem Maße uns das Unglück treffen sollte.

Weit draußen zwischen den Höhen des Schädelbaches ritten wir, als plötzlich ein weißer Ball durch die Salbeibüsche daherflog, und eine Minute später kam Schnapp bellend und schwanzwedelnd bei mir an. Zurückschicken konnte ich ihn nicht; er hätte einem solchen Befehl keine Folge geleistet, nicht einmal, wenn er von mir ausginge. Seine Wunde sah schlecht aus; so rief ich ihn zu mir, hielt ihm meine Reitgerte hin und beförderte ihn auf meinen Sattel.

Hier, dachte ich, wirst du sicher ruhen, bis wir heimreiten. Ja, so dachte ich; aber ich hatte die Rechnung ohne den Wirt gemacht. Hiltons Ruf »hu, hu« verkündete, daß er einen Wolf erspäht habe. Dander und Rileh, sein Genosse, sprangen beide zugleich zu dem Beobachtungsposten hinauf, so daß sie zusammenstießen und zappelnd in den Salbei zurückfielen. Schnapp aber, der seine Augen eifrig rollen ließ, hatte den Wolf erspäht, der gar nicht weit entfernt war, und ehe ich wußte, was geschah, war mein Hund vom Sattel und sprang im Zickzack bald hoch, bald tief durch den Salbei oder auch darunter und darüber gerade auf den Feind los, und

zwar ein paar Minuten an der Spitze der Meute. Nicht weit natürlich; sobald die großen Windhunde den laufenden Fleck erblickten, bewegte sich der Zug in der gewohnten Reihenfolge über die Prärie. Es versprach, eine feine Jagd zu werden, denn der Wolf war keine achthundert Meter voraus und alle Hunde voll Eifer hinterdrein.

»Sie sind die Bärenschlucht hinauf«, rief Garwin. »Dahin, und wir schneiden den Weg ab.«

So wandten wir uns und ritten scharf um Hulmershöhe herum, während die Jagd um den Südrand zu verlaufen schien.

Wir galoppierten auf den Zedernrücken zu und wollten auf der anderen Seite hinunter, als Hilton schrie: »Bei Sankt Georg, hier ist er! Wir gehen gerade auf ihn los!« Er sprang vom Pferde, ließ die Zügel fallen und rannte vorwärts, ich folgte seinem Beispiel.

Ein großer Grauwolf kam über die offene Prärie auf uns losgehumpelt. Sein Kopf war geneigt, sein Schweif waagerecht ausgestreckt, und fünfzig Meter dahinter flog Dander wie ein niedrig streichender Habicht über die Ebene, fast doppelt so schnell wie der Wolf. In einer Minute war der Hund neben ihm und schnappte nach ihm, aber er fuhr zurück, als sich der Wolf gegen ihn

wandte. Sie waren jetzt gerade unter uns und keine fünf-
zehn Meter entfernt. Garwin zog seinen Revolver, aber
das Verhängnis wollte es, daß Hilton ihn mit den Worten
zurückwies: »Nein, nein, woll'n seh'n, wie's ausgeht.«

In einigen Sekunden war der zweite Windhund zur
Stelle und darauf die andern je nach ihrer Schnelligkeit.
Jeder erschien auf der Szene voll Kampflust und Wut,
entschlossen, drauflozugehen und den Wolf in Stücke
zu reißen; aber jeder duckte sich beiseite, sprang zurück
und suchte sich aus sicherer Entfernung neuen Mut an-
zubellen.

Nach einer Minute waren auch die Russen da –
schöne, mächtige Tiere. Auch sie wünschten offenbar,
als sie aus der Ferne heransprangen, nichts sehnlicher,
als sich auf den Wolf zu stürzen; aber seine furchtlose
Haltung, seine kraftvolle, sehnige Gestalt und seine
todspendenden Kiefer fielen ihnen auf die Nerven, noch
ehe sie auf der Bühne erschienen, und auch sie schlossen sich dem bellenden Ring an, während der Wolf in
der Mitte sich bald hier-, bald dorthin wandte, für einen
wie für alle bereit.

Jetzt erschienen die Dänen auf der Bildfläche, stark-
gliedrige Tiere und jeder so schwer wie der Wolf. Ich
hörte, wie ihr Keuchen beim Heranspringen in drohen-

des Knurren überging, das dem Feinde Tod zu bringen schien. Aber als sie ihn nun sahen, grimmig, furchtlos, mit den mächtigen und starken Kiefern, wie er dem Tode kalt ins Angesicht schaute, aber in der Gewißheit, daß er sicher nicht allein würde daran glauben müssen – da wurden auch die großen dänischen Doggen, alle drei, wie die übrigen von plötzlicher Scheu befallen; ja, sie wollten auf ihn losgehen, nicht im Augenblick, aber sobald sie wieder zu Atem gekommen seien; sie fürchteten sich ja doch vor einem Wolfe nicht, o nein! Aus ihren Stimmen konnte ich ihren Mut heraushören. Sie wußten genau, der erste Hund, der sich an ihn wagte, mußte dafür büßen, aber das machte ja für sie nichts aus; sie wollten sich nur erst durch etwas mehr Bellen in die rechte Stimmung bringen.

Und während die zehn großen Hunde um den stummen Wolf herumsprangen, sieh, da raschelte es durch den dürren Salbei, und es kam, schien es, ein schneeweißer Gummiball geflogen, der sich in einen kleinen Bullterrier verwandelte, und Schnapp, der kleinste und letzte von allen, kam schwer keuchend und atemlos auf dem Schauplatz bei dem bellenden, springenden Ringe seiner Genossen an, von denen keiner dem Kuhräuber entgegenzutreten wagte.

Zögerte er auch? Nicht einen Augenblick; durch den feigen Kreis sprang er gerade auf den Präriegebieter los und nahm dessen Kehle zum Ziel, und der Graue schlug mit seinen zwanzig Reißern zu. Aber der Kleine, wenn er sich dadurch überhaupt aufhalten ließ, sprang noch einmal, und was dann kam, kann ich nicht sagen. Ich sah nur einen wirren Knäuel von Hunden, und der kleine Weiße schien die Schnauze des Räubers um-klammert zu haben. Die ganze Meute war um ihn herum. Wir konnten ihnen jetzt nicht helfen; aber sie hatten uns auch nicht nötig, denn sie besaßen einen Führer von unvergleichlicher Tapferkeit, und als nach wenigen Minuten das letzte getan war, da lag dort auf dem Boden der Grauwolf, ein Riese seiner Art, und an seiner Schnauze hing noch immer der kleine weiße Hund.

Wir waren jetzt auf vier Meter herangekommen und zu sofortigem Eingreifen bereit, hatten aber keine Ge-legenheit dazu, weil keine Hilfe mehr nötig war.

Der Wolf war tot, und ich rief Schnapp zu mir, aber er bewegte sich nicht. Ich beugte mich über ihn. »Schnapp – Schnapp, es ist ganz aus, *du* hast ihn umge-bracht.« Aber mein Schnapp blieb ganz still, und nun sah ich, daß er zwei tiefe Wunden am Körper hatte. Ich

wollte ihn aufheben. »Laß sein, alter Kerl, es ist aus!«
Er gab ein schwaches Knurren von sich und ließ
schließlich den Wolf los. Die rauhen Viehzüchter knie-
ten jetzt um ihn herum, und die Stimme des alten Penroof bebte, als er sagte: »Hätt' lieber zwanzig Stiere verloren, als ihm was tun lassen.« Ich nahm ihn unter
meine Arme, redete zu ihm und streichelte ihm über
den Kopf. Er knurrte noch einmal leise; es war ein letztes Lebewohl, wie sich erwies, denn er leckte dabei
meine Hand und knurrte nie wieder.

Das war für mich ein trauriger Heimritt. Ein riesiges
Wolfsfell führten wir mit uns, aber außer dem glich unser Zug in nichts einem Triumphzug. Wir begruben den
Wackeren auf einer Präriehöhe hinter der Farm. Penroof, der dabeistand, hörte man murmeln: »Beim Jingo,
's war 'n Charakter, das war 'r! Ohne Charakter kann
man kein Vieh züchten.«

An der Leine

Johannes Mario Simmel

Es möge beileibe niemand mit der Vorstellung leben, daß wir Hunde ein einfaches Leben führen. Während des Krieges ging es ja noch. Da hatte unsereins andere Sorgen. Aber in den letzten zwei Jahren wurde die gesellschaftliche Notwendigkeit, unsere Besitzerinnen wieder auf internationalen Frauerlschauen vorzuführen, derartig akut, daß sich niemand von uns ihr weiter entziehen könnte. Ich selbst – ein gewöhnlicher Langhaardackel, der nichts lieber als ein zurückgezogenes, beschauliches Leben führen möchte – hatte ein langes Gespräch mit meinem Freund Teddy, in dessen Verlauf wir uns, vor einem bildschönen Laternenpfahl auf dem Schwarzenbergplatz, schließlich darauf einigten, die diesjährige internationale Schau zu besuchen, weil uns klar wurde, daß unsere Frauerln wieder unter die Leute kommen mußten.

Glauben Sie, bitte, ja nicht, daß es unsereinem Vergnügen bereitet, so einen erwachsenen Menschen an der Leine durch den Ring zu ziehen und begutachten zu lassen. Man kann noch so ruhig und freundlich mit ihm gesprochen haben – die Anwesenheit anderer Frauen macht ihn nervös, er wird unsicher, tänzelt hin und her, lächelt vielleicht im falschen Moment, und man kann von Glück reden, wenn er nicht stolpert oder einem

durch eine taktlose Bemerkung Schande macht. Oh, unsereins hat alle Pfoten voll zu tun auf diesen internationalen Frauerlnschauen! Monatelang vorher schon sparen wir uns die Knochen vom Munde ab, um das Geld für ein modernes langes Kleid und französische Riemenschuhe zusammenzuscharren. Wer fragt uns, woher wir das Geld für eine neue Ledertasche nehmen, die unter Hundebrüdern ihre fünfhundert Schilling kostet? Und wer bezahlt das Benzin des Wagens, in dem wir unsere Frauerln durch die Stadt fahren, nur damit sie stets unzerdrückt, gut frisiert und unbeeinflußt von der Hitze ankommen? Ach Gott, was tut man nicht alles, um seinen großen Lieblingen eine kleine Freude zu bereiten! Und welchen Anfeindungen ist man dabei ausgesetzt! Bitte, nehmen Sie bloß den vergangenen Mittwoch, an dem im Rotundengelände eine Art Generalprobe stattfand. Herr Josef, der Vorsitzende des Pudelklubs, hatte uns eingeladen, unsere Frauerln mitzubringen, damit sie miteinander bekannt würden und Gelegenheit hätten, das Terrain kennenzulernen. Bereits zwei Tage vorher ging das Theater los. Sie machen sich als außenstehender Zwergrattler gar keine Vorstellung davon, lieber Freund, in welchem geradezu paroxysmatischen Erregungszustand sich unsere ge-

schätzten Besitzerinnen befanden. Sie mußten zur Schneiderin. Und zum Friseur. Und zum Schuhmacher. Wir bereiteten ihnen Gesichtspackungen. Wir brachten sie pünktlich um 7 Uhr zu Bett. Wir sorgten dafür, daß sie keine alkoholischen Getränke und nur neutrale, reizlose Kost zu sich nahmen. Wir erzählten ihnen Märchen vor dem Einschlafen. Und wir beruhigten sie: »Es ist nicht wahr«, sagten wir, »daß Frau von Hegedüs einen neuen Hut tragen wird.« Und: »Kein Hund der Welt wird merken, daß der neue Faltenrock, den du trägst, nur ein umgefärbter alter ist . . .«

Aber meinen Sie vielleicht, all das half? Keine Spur! Mein Freund Teddy hat ein Verhältnis mit einer in der Gesellschaft bekannten Weimaranerin. Diese erzählte ihm, daß ihr Frauerl ihr aus Nervosität steinharte Schaumrollen vorsetzte, während sie selbst den guten Hundekuchen aß. Na bitte, ging es mir vielleicht besser? Legte sich meine Frau Kommerzialrat nicht versehentlich in mein Körbchen, nachdem sie mich liebevoll in ihrem Doppelbett verpackt hatte?

Es ist eine wahre Erholung gewesen, als wir Mittwoch mittag endlich losfuhren, und ich kann Ihnen versichern, daß nur die außerordentliche Freundschaft, die uns seit Jahren mit unseren Besitzerinnen verbindet,

uns davor zurückhielt, aus unserer Hundehaut zu fahren.

Im Prater war alles ungefähr so, wie wir es erwartet hatten. Neben Josef, dem Präsidenten, saßen und standen Vertreter der Wiener Zeitungswelt, wedelten mit dem Schwanz und beleckten sich die Lippen. Ich begrüßte den Neufundländer von der ›Weltpresse‹ und den Foxterrier vom ›Kleinen Blatt‹, der mich auf einen ganz reizenden Chow-Chow, einen neuen Berichterstatter der ›Welt am Abend‹, aufmerksam machte.

»Ach«, sagte der Neufundländer und zog höflich den Hut, »man ist geradezu versucht, zur Konkurrenz überzugehen . . .«

»Hören Sie«, sagte ich halblaut zu dem Foxterrier, »könnten Sie in Ihrem Bericht nicht erwähnen, daß mein Frauerl ihr Kleid aus dem Salon Ella Bey bezogen hat? Urteilen Sie selbst: Haben Sie jemals etwas Entzückenderes gesehen als diesen Faltenwurf, diese Grazie der Linie, diese edle Anmut der Form? Was machen Sie eigentlich heute abend? Ich habe noch ein paar erstklassige Knochen im Eisschrank. Besuchen Sie mich doch . . .«

Neben mir räusperte sich eine deutsche Dogge und murmelte: »Zu welchen Methoden manche Hunde greifen . . .«

Sie glauben vielleicht, ich ärgerte mich? Aber wo denn! Was ist man nicht alles gewohnt auf diesen Frauerlschauen. Es gibt Hunde, die haben einfach überhaupt keinen Humor.

Ich zuckte hochmütig die Schultern (die vorderen) und zog mein Frauerl mit wiegenden Hüften in den Ring; ganz langsam und indem ich versuchte, durch *meine* Erscheinung die Aufmerksamkeit der Anwesenden auf *sie* zu lenken. Das gelang mir auch. Ich blieb stehen, ließ die Leine locker, damit sie sich frei umdrehen konnte, und lächelte dem Boxer vom ›Wiener Kurier‹ zu, der hinter zwei Zwergspitzen mit roten Schleifen im Gras saß und Pfeife rauchte. Schließlich war es nur eine Generalprobe. Bis zum Sonntag, dachte ich, werde ich zweifellos noch Gelegenheit haben, mit ein paar einflußreichen Hunden eine Flasche Wein zu trinken. Wozu nimmt unsereins die ganze Quälerei auf sich – wenn man nicht wenigstens für das Frauerl einen Preis einstecken kann?

Nach meiner Runde gingen wir zu den Bänken zurück, und ich setzte meinen Liebling so, daß er die anderen Hunde sehen konnte, die *ihre* Frauerln herumführten. Die meisten spielten fair. Ein paar natürlich benahmen sich unmöglich und versuchten, mit billigsten

Effekten wie Winseln, Pfötchenheben und Herumhopsen die Aufmerksamkeit der Zuschauer auf sich zu ziehen, aber sie rechneten, glaube ich, nicht mit der hohen Kultiviertheit und dem feinen Empfindungsvermögen unserer Pressehunde, die solche Manöver sofort durchschauen mußten.

»Haben Sie die Dauerwellen der kleinen Sonja gesehen?« fragte mich meine Nachbarin, eine Schäferhündin. »Diese Person wirkt auch nur durch Äußerlichkeiten. Unsereins hat Charakter . . . Natürlich«, meinte sie nach einer Weile, »wenn ich *ihren* Friseur hätte . . .« Sie sehen, man macht sich natürlich so seine Gedanken.

Es wirkte im übrigen leicht ridikül, daß einige Menschen, in Umkehrung eines vollkommen klaren Tatbestandes, den Versuch unternahmen, die Sachlage so darzustellen, als wären *sie* die Initiatoren und Arrangeure der gesamten Darbietung. So erregten Frauerln, die ihre Begleiter mit Bemerkungen wie »Ist mein Schnuckiputzile nicht süß?« auf den Arm nahmen, in unseren Kreisen mehr Heiterkeit als Unwillen. (Jeder einzelne Bernhardiner verfügt über genügend Anstand, um davon abzusehen, seine Begleiterin auf den Rücken zu nehmen und mit sich herumzutragen.)

Es mußte, wie Präsident Josef sagte, jedem intelli-

genten Dackel klar sein, was mit diesen und ähnlichen Manövern bezweckt werden sollte. Schließlich ist unsereins ja nicht auf den Kopf gefallen. Nachdem es den Erwachsenen bereits in vielen Fällen gelungen ist, den Eindruck zu erwecken, als wären beispielsweise Vergnügungsetablissements wie der Prater nicht für sie selbst, sondern für die lieben Kleinen eingerichtet worden, schien es ihnen hier darum zu gehen, der Umwelt die Illusion zu geben, es handle sich nicht um eine Frauerlschau, sondern – vanity of vanities – um eine *Hundeausstellung*!

Eine solche Annahme erledigt sich in ihrer grotesken Fröhlichkeit von selbst. Wir, die ausgestellten Hunde, verwahren uns nur der Form halber gegen sie. Wir wissen genau, daß sie sich niemand zu eigen machen wird, der auch nur fünf Minuten lang den erwähnten Vorführungen beigewohnt hat. Wir sind unseren Frauerln nicht böse. Wir verzeihen ihnen die kleine Eitelkeit, mit der sie sich selbst noch weiter ins Zentrum schoben, indem sie so taten, als träten sie an die Peripherie des allgemeinen Interesses zurück. Wir alle haben unsere Schwächen. Schließlich ist so ein Mensch auch nur ein armer Hund . . .

Der schlimmste Tag des Jahres

Johannes Mario Simmel

Man konnte ihn nicht schön nennen, beim besten Willen nicht! Sein Fell, schwarz und weiß gefleckt, war zerzaust und struppig, die Beine waren zu mager, zu kurz und zu krumm, die ungleichen Schlappohren hingen traurig herab. Und Traurigkeit blickte aus den runden, glanzlosen Augen. Er war ein trauriger kleiner Hund.

Unsicher und schüchtern strich er in der Bahnhofshalle umher. Die Bahnhofshalle war gewaltig groß und strahlend erhellt. Es gab die verschiedensten Geschäfte – wer Geld hatte, konnte dicke Zigarren kaufen, geistreiche Bücher, die feinsten Delikatessen, die buntesten Bonbons, betörend duftende Parfüms aus dem fernen Paris.

In der Mitte der gewaltigen Bahnhofshalle stand ein Weihnachtsbaum. Der war glatt zehn Meter hoch! Elektrische Kerzen leuchteten auf seinen Zweigen, silbernes Lametta hing von ihnen herab. Der Weihnachtsbaum war fast so gewaltig groß wie die Bahnhofshalle. Unter dem Stern an seiner Spitze stand zu lesen, daß die Deutsche Bundesbahn ein gesegnetes Fest entbot. Das stand da schon seit einer Woche zu lesen, aber heute abend war es endlich soweit! Heute abend war der vierundzwanzigste Dezember.

Draußen war es sehr kalt. In der Halle war es wär-

mer. Darum war der kleine Hund in die Halle gekommen. Weil er draußen auf den regennassen Straßen so fürchterlich gefroren hatte. Er war auch hungrig. Aber die Kälte war schlimmer gewesen. Kälte ist das schlimmste für kleine Hunde.

Es waren sehr, sehr viele Menschen in der Halle. Der kleine Hund mußte verflixt aufpassen, daß niemand aus Versehen auf ihn trat. So viele Menschen waren da. Wohin er sah, er sah nur Beine! Beine von Damen und Beine von Herren und Beine von Kindern. Und Beine von anderen Hunden, größeren, schöneren, feineren. Und glücklicheren. Die anderen Hunde marschierten allesamt neben den Beinen ihrer Besitzer einher, es waren Hunde mit Anhang, sie waren nicht so allein wie der kleine Hund mit den ungleichen Schlappohren und der gefleckten Nase.

Nicht alle Menschen in der Halle waren Kunden der Bundesbahn. Nicht alle verreisten. Viele erledigten in der Halle zur allerletzten Minute ihre Weihnachtseinkäufe. Bis in den späten Nachmittag hatten sie noch an ihren Schreibtischen gesessen, in Konferenzen, hinter Schaltern. Die Läden in der Stadt hatten bereits geschlossen, nur die Geschäfte in der Bahnhofshalle waren noch geöffnet. Viele Leute kauften viele Dinge,

wohlriechende, wohlschmeckende, schön anzusehende.
Zwischen den Leuten bewegte sich der kleine, magere
Hund.

Viele sahen ihn. Viele hörten ihn, denn manchmal
winselte er dünn, leise und sehr bescheiden. Aber es war
achtzehn Uhr dreißig am vierundzwanzigsten Dezember! Wer in der Welt hatte da Zeit, sich um einen kleinen Hund zu kümmern?

Ein Herr sagte: »Na, hast du dich verlaufen?«

Eine Dame sagte: »Sieh doch, Felix, der arme Hund!
Müßte man nicht . . .«

Aber Felix unterbrach sie: »Los, los, los! Der Wagen
steht im Halteverbot. Wegen dem Köter kriegen wir
noch ein Strafmandat!«

Wie gesagt, es war der vierundzwanzigste Dezember!

Ein kleines Mädchen rief: »Mami, Mami, schau, der
Hund! Ist der häßlich! Da ist unser Rex aber viel schöner!«

Ein großer Bernhardiner beschnupperte den kleinen
Hund dort, wo große Hunde kleine Hunde zu beschnuppern pflegen.

Und ein sehr nervöser, sehr gereizter Herr, der an
diesem Abend noch elf Familienangehörige zu besche-

ren hatte, gab dem kleinen Hund einen kleinen Tritt, als
er ihm in den Weg lief, und brummte: »Auch das
noch!«

Neben dem gewaltigen Lichterbaum der Deutschen
Bundesbahn stand eine Bank. Ein altes Fräulein saß darauf. Fräulein Strohbach war ihr Name: Emilie Strohbach, Rentnerin.

In einem altmodischen, aber peinlich gepflegten
schwarzen Persianermantel saß sie da, einen winzigen
schwarzen Hut auf dem weißen Haar. Die kleinen Füße
steckten in altmodischen Stiefelchen, die kleinen
Hände steckten in einem altmodischen Muff. Fräulein
Emilie Strohbach war sehr klein und sehr alt. Ihr Gesicht trug einen Ausdruck von Verzagtheit und Güte.
Fräulein Strohbach war zu alt ... Alle Verwandten
hatte sie überlebt, nun stand sie ganz allein auf der
Welt. Das ist kein Spaß, alt und allein zu sein! Von allen Tagen des Jahres fürchtete Fräulein Strohbach seit
langem diesen am meisten: den Heiligen Abend, diesen fürchterlichen vierundzwanzigsten Dezember.

Das war vielleicht ein Tag, der hatte es in sich! Die
anderen Tage waren auch kein Honiglecken, aber dieser
Vierundzwanzigste war bei weitem der schlimmste.

Zu Hause, in dem dunklen Zimmer mit den dunk-

len Möbeln, fühlte man sich erdrückt von der Erinnerung. Zu Hause konnte man immer nur denken: damals, damals, damals . . . Zu Hause mußte man immer weinen.

Nicht daß es ungemütlich oder kalt gewesen wäre zu Hause – nein, das nicht. Es gab Wärme und Lebkuchen und auch einen Tannenzweig mit einer gelben Kerze, denn Fräulein Strohbach erhielt dreihundert Mark Rente im Monat, und davon konnte man zur Not auch noch leben, wenn man sich davon auch zur Not keinen Mercedes 600 kaufen kann . . . Aber was hätte Fräulein Strohbach mit einem Mercedes 600 anfangen sollen . . .?

Nein, es war weder Kälte noch Armut, vor denen das Fräulein sich in ihrem Zimmer fürchtete. Es war etwas anderes. Es war die Einsamkeit. Die Einsamkeit war es, die sie daheim nicht ertrug.

Und so war Fräulein Strohbach hierher in die Bahnhofshalle gewandert, weil es hier doch um vieles gemütlicher war. Stimmen und Gelächter gab es hier, andere Menschen, die man bei ihrem interessanten Tun beobachten konnte. Leben, Leben gab es hier!

Fräulein Strohbach liebte die Halle fast schon. Sie war entschlossen, noch lange hier zu verweilen. Die

Bank bot viel Platz, denn sie war leer. Das kleine Fräulein dehnte und reckte sich.

Sie war der einzige Mensch weit und breit, der saß. Alle anderen hasteten oder standen. Das Karussell des Weihnachtsfestes kreiste um Fräulein Strohbach, sie war sein Mittelpunkt. Und sie dachte beklommen diese drei Gedanken:

Erstens: Wenn ich doch nur noch einen einzigen Menschen hätte, zu dem ich gehen könnte. Zweitens: Wenn ich doch nur ein bißchen mehr Geld hätte, um mir auch etwas Schönes kaufen zu können. Drittens: Wenn doch dieser Vierundzwanzigste bloß schon vorüber wäre.

Gerade während sie den dritten Gedanken dachte, sah sie den kleinen Hund.

Auf seinem mühevollen Weg durch die große Halle war der kleine Hund endlich bei der Bank neben dem Lichterbaum angelangt. Da stand er nun und sah Fräulein Strohbach an mit traurigen, demütigen Augen. Die ungleichen Ohren hingen herab, und der Stummelschwanz bewegte sich rastlos.

Fräulein Strohbach war der einzige Mensch in der Halle, der Zeit hatte. Fräulein Strohbach beging einen Fehler. Sie gab dem kleinen Hund zwei kleine, freundliche Worte. Sie sagte: »Na, du?«

Damit war sie sozusagen bereits verraten und verkauft.

Der kleine Hund geriet völlig außer sich. Er bellte entzückt, sprang auf die Bank und begann dem alten Fräulein die Hand zu lecken, die sie aus dem alten Muff genommen hatte.

Stundenlang, tagelang war er umhergeirrt. Nun sagte jemand:»Na, du?« zu ihm. Das nahm er natürlich als Sympathie-Erklärung. Hand aufs Herz, was hätten Sie an seiner Stelle getan?

Es gibt einen äußersten Grad von Einsamkeit, aus dem wächst die Bereitschaft zum Glauben. Der häßliche Hund glaubte, Fräulein Emilie Strohbach habe Interesse an ihm gefaßt. Also winselte er und beleckte die Hand und zeigte sich von seiner freundlichsten Seite, nämlich im rechten Profil: Rechts war sein Fell weniger struppig.

Fräulein Strohbach lachte ein bißchen, dünn und hoch. Sie streichelte den Hund ein bißchen unsicher und schwach. Sie sagte: »Lauf, Kleiner, lauf!«

Aber der Hund lief nicht. Er legte seinen Kopf in des Fräuleins Schoß und lächelte selig. Das Lächeln besagte: Endlich daheim!

Das Lächeln versetzte das Fräulein in Panik. Um

Himmels willen, dachte sie – was, wenn ich den Hund nicht mehr los werde? Lieber Gott, was soll ich mit einem Hund anfangen? Ich, die ich selber gerade noch so durchkomme. Hilf mir, lieber Gott. Mach, daß der kleine Hund ein Einsehen hat und weggeht!

Aber der liebe Gott erhörte ihr Flehen nicht. (Man weiß, wieviel der arme liebe Gott an einem vierundzwanzigsten Dezember zu tun hat.)

»Geh weg«, sagte Fräulein Strohbach und schubste den kleinen Hund ein bißchen. Er fiel zur Erde, bellte kurz und vergnügt – und sprang wieder auf die Bank. Das war ein lustiges Spiel, es machte ihm Spaß.

»O Gott«, sagte Fräulein Strohbach.

Sie stand auf und eilte zum Ausgang der Halle. Der kleine Hund folgte ihr laut bellend.

Fräulein Strohbach versuchte es mit verschiedenen Listen. Sie ging sehr rasch, sie lief beinah. Sie versteckte sich hinter einer Säule. Sie schlug Haken und beschrieb gewagte Bögen. Der kleine Hund folgte ihr fröhlich bellend allüberallhin.

Zuletzt landete Fräulein Strohbach außer Atem wieder auf der Bank neben dem Lichterbaum. Noch ehe sie saß, saß schon der Hund.

Verzweiflung bemächtigte sich des Fräuleins.

Sie sagte zu dem kleinen Hund, der sie aufmerksam betrachtete: »Was soll ich mir dir anfangen? Ich bin arm, verstehst du das nicht? Ich bin zu arm, um einen Hund zu haben.«

Er bellte übermütig.

»Bell nicht. Laß mich in Ruhe. Hast du denn kein Zuhause, wo du hingehen kannst?«

Der kleine Hund schüttelte den Kopf.

»Ach, lieber Gott im Himmel«, sagte Fräulein Strohbach.

Viele Menschen gingen an der Bank vorbei, sie waren alle in Eile. Die Halle leerte sich. Der Heilige Abend kam jetzt aber schon mächtig in Fahrt.

»Das Futter . . . Die Steuer . . . Es geht nicht, nein, es geht nicht«, sprach Fräulein Strohbach. »Ich bekomme dreihundert Mark im Monat«, teilte sie dem Hund unnötigerweise mit, während sie – ein neuer Fehler – sentimental sein struppiges Fell streichelte und dachte: Wenn ich doch mehr bekäme, nur ein bißchen mehr! Gerade so viel, daß ich mir dich leisten könnte, denn du gefällst mir. Ich wär' nicht mehr so allein . . .

Und gleichzeitig dachte sie: Unsinn! Was soll das alles? Es ist einfach nicht im Budget!

Das dachte sie. Und sagte darum laut: »Ich lasse

mich nicht von dir erpressen. Weißt du, was ich mache, wenn du nicht verschwindest? Ich bringe dich zur Bahnhofswache. Ja, das tue ich, meiner Seel! Also geh schon, geh!« Aber der kleine Hund ging nicht. Und Fräulein Strohbach brachte ihn nicht zur Bahnhofswache.

Eine ganze Stunde lang saßen sie nebeneinander auf der Bank unter dem Lichterbaum der Deutschen Bundesbahn, sahen sich an, schwiegen und gedachten der Vergangenheit.

Dann sagte das Fräulein: »Du hast mir gerade noch gefehlt.«

Der kleine Hund begann wieder ihre Hand zu lecken. In der Ferne läuteten Glocken, und draußen im kalten Regen leuchteten viele Signallichter, grüne, rote und weiße.

Nun lag die Halle verlassen. Die Menschen hatten sich verlaufen. Die Bahnhofsgeschäfte schlossen. Fräulein Strohbach und der Hund saßen unter dem Lichterbaum.

Da trat ein Mann heran. Er war groß und rotgesichtig.

»Verzeihen Sie«, sagte der Mann und verbeugte sich. »Würden Sie das hier wohl annehmen, liebe

Dame?« Und er überreichte ein Paket und einen Brief-
umschlag.

Fräulein Strohbach schrak auf. »Wer sind Sie?«

»Mein Name ist Brenner«, sagte der Dicke. »Mir
gehört der Delikatessenladen da drüben. Ich habe Sie
beobachtet. Sie und den Hund. Schon seit einer Stunde
beobachte ich Sie beide.«

»Und was ist in dem Paket?«

»Ein bißchen Schinken, ein bißchen Wurst, ein
bißchen Käse, ein paar Büchsen Konserven und Brot.
Ein Fläschchen Kognak, denn es ist kalt. Auch Kaffee,
feiner Kaffee. Und Weintrauben . . .«

Der kleine Hund bellte.

». . . und zwei feine Knochen«, sagte der Dicke.

Fräulein Strohbach begann zu weinen. Sie sagte
leise: »Das geht nicht, nein, das geht doch nicht, Herr
Brenner!«

»Ich habe Sie beobachtet«, sagte der Dicke. »Warum
soll das nicht gehen?«

Fräulein Strohbach erwiderte: »Weil ich Sie nicht
kenne, mein Herr.«

»Aber ich kenne Sie«, sagte der Dicke.

»Sie – mich? Und wer bin ich?«

»Sie sind das alte Fräulein, das zu dem kleinen Hund

freundlich gewesen ist«, erklärte der Dicke. »Ich sehe gerne freundliche Menschen. Und freundliche Hunde. Gehen Sie nun nach Hause, liebe Dame.«

Fräulein Strohbach kramte in ihrer altmodischen Tasche und sagte: »Ich habe kein Taschentuch.«

Der Dicke gab ihr das seine. Es war blütenweiß und sehr groß.

Das Fräulein schneuzte sich und fragte: »Und was ist in dem Kuvert?«

Verlegen erwiderte der Dicke: »Fragen Sie doch nicht so viel. Das ist ein Vorschuß.«

»Vorschuß worauf?«

»Na, auf die Hundesteuer, verdammt noch mal. Die bezahle nämlich ich.«

»Nein!«

»Doch!«

»Aber wie kommen Sie denn dazu?«

»Das weiß ich auch nicht, wie ich dazu komme«, sagte der Dicke. »Aber wenn es mir nun mal Spaß macht?« Er schüttelte zuerst Fräulein Strohbach die Hand und danach dem kleinen Hund die Pfote und sagte dazu: »Fröhliche Weihnachten, Herrschaften!«

»Ein frohes Fest auch Ihnen«, sagte das Fräulein. »Sie sind ein guter Mensch, Herr Brenner.«

»Ach, Quatsch«, sagte Herr Brenner.

Der häßliche Hund bellte, und das hieß: Doch, doch!

»Komm, Kleiner«, sagte Fräulein Strohbach. »Jetzt gehen wir nach Hause.«

Nach Hause . . . du lieber Gott, wie sehr freute sie sich plötzlich darauf!

Der Besuch

Marie-Gabrielle Hohenlohe

Doch dann kam der Abend, der alles änderte, der Abend, an dem George nicht mehr allein war, die Nacht, in der er Lebenserfahrung sammelte. Besuch war da, und zwar eine Besucherin. Sie lag auf seinem Schoß. Sie lag in seinen Armen und schlief, als gehöre sie dorthin. Tatsächlich paßten sie ausgezeichnet zueinander. Ihr Körper war warm und schwer, um einige Grad wärmer als seiner, und wärmte ihn angenehm. Ihrem fremden Atem zuzuhören war wohltuend wie eine sanfte Hypnose. Sie atmete ein wenig langsamer als er; wenn er einatmete, atmete sie noch nicht ganz aus; es ergaben sich reizvolle Überschneidungen, wenn sein Atem sich hob und ihrer ihn schon wieder tiefer in den Sessel drückte. Beim Streicheln kam ihr Körper an vielen Stellen der Wölbung seiner Hand genau entgegen, zum Beispiel in der Rundung ihrer Stirn.

Ihr Duft war würzig individuell, wie von überjährigem Heu. Sie lag quer auf ihm, wie der Sack auf dem Esel; ihr Gewicht, ein Drittel seines eigenen, entsprach genau Georges bisher unbewußten Wünschen nach gelegentlicher Belastung und Beschwerung. Sie hatten zusammen in der Küche gespeist: er eine, sie zwei Dosen gebackene Bohnen auf Toast mit Whisky für ihn und Milch für sie; nun teilten sie auch die friedliche

Schwere der Sättigung. Ihrer beider Verdauungsgeräusche vermischten sich innig. Sie brauchten sich nicht voreinander zu genieren: Die Zugluft strich unter ihnen dahin, von der Tür zum Fenster und vom Fenster zur Tür wie eine pneumatische Kanalisation; sie selbst saßen oder lagen darüber, im Warmen, einer in des anderen Armen, intensiv verbunden durch tierisch sinnliches Behagen. War es dieser Gleichklang der Gefühle oder die Hoffnung darauf, der die Leute zueinander trieb und zusammenhielt, allen Widrigkeiten zum Trotz, überlegte George und betrachtete nachdenklich seine Gefährtin, ob sie auf Dauer dazu tauge.

Vermutlich hatte sie nicht viel Verstand; bei ihnen beiden müßte immer er allein es sein, der über ihr Glück reflektierte. Wer war sie? Woher kam sie, die sich ausgerechnet seinen Schoß ausgesucht hatte, um darauf zu träumen? Die einfach an seiner Tür zu erkennen gegeben hatte, daß sie naß war und fror und Gesellschaft brauchte und hungrig war? Der Appetit seines Gastes war schmeichelhaft für George gewesen. Die Lampe brannte, das Gas-Kaminfeuer zischte, von draußen knatterte der Regen gegen die Fensterscheiben, die Vorhänge blähten sich sachte, die Teppichfransen hoben sich. Im Fernsehen lief die Sportschau, Georges Lieb-

lingssendung. Zuerst kam Boxen, Georges Lieblings-
sport. Er hoffte, daß er Blut sehen würde, er hatte einen
Farbfernseher. Aber statt dessen kam Tennis. Beim Aufprall der Filzbälle wurde seine Freundin plötzlich wach,
richtete sich auf, beugte sich vor und starrte mit gerun-
zelter Stirn wortlos auf den Bildschirm. Nach einigen
Ballwechseln legte sie sich mit einem Seufzer zurück in
Georges Arme. Sie nieste zweimal kräftig in seine We-
ste. Dann schlief sie wieder ein, blinzelte und zuckte im
Schlaf.

George betrachtete sie gerührt und entzückt. Der
Reiz der Neuheit konnte in den Flitterwochen kaum
größer sein. Sie interessierte sich für Tennis, wie? Ihr
spitzer Ellbogen drückte in seine Rippen, und dann versetzte sie ihm unwillkürlich einen Tritt, um sich besser
zu betten. Sie bliffte und blaffte, jiffte und jaffte im
Schlaf, es wäre herzlos gewesen, sich zu bewegen. Vielleicht reagierte die Dame auch unwirsch, wenn man sie
weckte, und biß. Endlich wachte sie von selbst auf und
gähnte mit gerollter Zunge. Sie hatte ein Maul wie ein
chinesischer Glücksdrachen, schwarz-weiß gescheckt
und umkränzt mit weichen plüschigen Lippen und innen kräftig roten, scharf gezackten Lefzen und einem
gewaltigen Gebiß. Sie warf ihm einen schiefen Blick zu.

Zu zweit, so nah beisammen, war es zwar warm und gemütlich, aber auch etwas eng im Sessel. Oder ihr wurde ebenfalls von so viel Nähe zu heiß. Sie rülpste gurgelnd, wie keine Mutterkuh es besser könnte, und George stellte fest, daß sie aus dem Maul roch, nach Aas. George fand, daß die unaussprechlichen Freuden des Vereintseins eine Illusion sein mußten. Schon war so viel Idylle unerträglich. Schon wäre jeder für sich viel glücklicher gewesen, aber noch blieben sie aufeinander sitzen.

Im Fernsehen kamen jetzt die Nachrichten. George sah nur die eine Hälfte des Bildschirms, vor seiner Nase war ein Ohr. Polizei wurde gezeigt und eine Polizeihundestaffel. Schäferhunde jaulten. Mit einem Satz war Georges Besitzerin unten und schoß bellend zur Tür. Sie blickte wild um sich und rannte mit gesträubtem Fell durchs Zimmer, mit einem berserkerhaften Getöse wie damals, als Georges Staubsauger kaputtging. Dann kam die Meldung, daß ein italienischer Schlagersänger durch ein Attentat verletzt worden sei, und Georges Gefährtin beruhigte sich sofort. Sie setzte sich mit dem Rücken gegen das Gasfeuer. Zum erstenmal an diesem Abend betrachtete sich das Paar genauer. George genoß seine wiedererlangte Bewegungsfrei-

144

heit nach so langem erzwungenem Stillhalten. Er rieb
seine empfindliche Lebergegend, wo ihn ein wuchtiger
Tritt im Absprung getroffen hatte. Er griff nach dem
Whiskyglas, das außerhalb seiner Reichweite gewesen
war, und trank es halb aus. Vorsichtshalber behielt er es
in der Hand und studierte die Erscheinung, in der das
weibliche Element ihn überrumpelt hatte. Sie trug
nichts, nicht einmal um den Hals. Dabei war sie nicht
verwahrlost, weder mager noch schmutzig, noch scheu.
Ihre Brust war sehr breit, flach und weiß behaart; die
Magengegend in der Mitte gescheitelt, mit rosa durch-
schimmernder Haut; der Bauch nackt. Ganz unten hatte
sie die zwei rosa Brüste, die man weiblicherseits erwartet, wenn auch nicht gerade an dieser Stelle, als letztes
Paar von acht zierlichen Brustknospen. Obenherum
war sie vom Nacken bis zum Schweif braun wie von einem nachlässig übergeworfenen Mantel; auf der einen
Kopfseite saß ein brauner Fleck wie ein verwegen ver-
rutschter Hut über Auge und Ohr. Das eine Ohr war
steil, das andere angefaltet. Der breite rosa Nasen-
rücken war zerschrammt, der Nasenschwamm war
schwarz und für ein so heißblütiges Geschöpf erstaunlich kalt. Es war kein schönes Gesicht, aber schließlich
sieht man Häßlichkeit nur dort, wo man sie sehen will,

und Schönheit da, wo man sie gewöhnt ist. Die Schönheit dieses Gesichts war ungewohnt. Es hatte kleine schiefe Augen, die anscheinend beim Versuch, geradeaus zu sehen, Schwierigkeiten machten. Entweder schielten sie etwas einwärts, oder das linke Auge in der weißen Kopfhälfte war kleiner oder auch nur zugekniffener als das rechte, das im Dunkeln saß. Das linke, kleinere, musterte George vieldeutig, etwas anzüglich; das rechte sah ihn offen und vertrauensvoll forschend an. Das linke, weiß umrandete, blickte rätselhaft, abgründig; das rechte, dunkel eingefaßte, sah ernst und ehrlich drein. Das linke schielte tückisch, das rechte blinkte aufrichtig; das linke war wölfisch unberechenbar, das rechte dackelhaft treuherzig. George wurde sich plötzlich bewußt, daß er der Welt ebenfalls zwei einzelne Augen mit dem Ausdruck verschiedener Gemütszustände darbot. Diese Selbstspiegelung im Gegenüber war reizend, einer der Reize vertiefter Zweisamkeit, begriff George in diesem Augenblick. Anscheinend blickte er ebenso widerspruchsvoll zurück.

Tatsächlich stand er der Situation sowohl willig als auch unwillig gegenüber. Einerseits war er gezwungen worden, sein Zimmer, sein Fernsehen, sein Abendessen und seinen Sessel zu teilen; andererseits wurde er ge-

wärmt, gesellig unterhalten und beschützt. Schon war ihm wieder kalt. Schon wollte er sein lebendiges Plumeau zurück. Das Tier schauerte im Zugwind auf dem Boden zusammen und sah ihn aus dem wölfischen Auge spöttisch und aus dem hündischen Auge verlangend an. George klopfte einladend auf sein Knie. Sie wollte hinauf. Er wollte, daß sie kam. Sie waren sich einig.

Die Hündin zog sich zwei Schritte zurück und verneigte sich anlaufnehmend vor dem Absprung; aber dann sprang sie doch nicht, sondern sah ihn ratlos an. Vielleicht widersprach es ihrem weiblichen Taktgefühl, jemandem mit harten Pfoten mittendrauf zu springen, überlegte George. Er war belustigt und auch dankbar, besonders wegen seiner Leber. Mit einiger Mühe hätte er sie hochheben können, aber das tat er nicht. Sie wollte ja zu ihm und nicht er zu ihr. Wie schon beim erstenmal machte sie sich ans Klettern. Es war ein langwieriges, umständliches Unterfangen, denn George saß hoch. Sie legte ihre Vorderpfoten auf seine Knie und machte dort Platz, indem sie mit dem Kopf seine Arme wegstieß; dann hakte sie ihren Ellbogen ein und zog und stemmte sich in grotesken Klimmzügen hinauf; ihre Hinterbeine waren zum Nachschieben etwas zu

kurz. George beobachtete grausam erheitert, wie sie sich auf ihm abmühte. Sie blieb todernst. Zwischendurch blickte sie ihn auffordernd an. Sie wollte, daß er ihr half, aber George half ihr nicht, sondern amüsierte sich. Endlich kam sie oben an und strahlte ihm aus ihren zwei fäkalfarbigen Augen mit geradezu unverschämter Zuneigung ins Gesicht. Sie ließ sich fallen und zitterte vor Genuß.

George war gerührt. Er ließ sich willig wärmen und besitzen. Wie genügsam, wie anspruchslos sie doch war! Ein Platz auf ihm und zwei Dosen Bohnen genügten, um sie glücklich zu machen. Vielleicht war seine Umgebung viel leichter zu befriedigen, als er gewußt hatte. Vielleicht sollte er doch noch heiraten. Aber wen? Sarah? Alison? Sally? Stephanie? Patrick? Oder Tante Madge? Die vielen weißen Doppelkinnfalten, wenn das Tier die Nase senkte, hatten etwas ausgesprochen Matronenhaftes; während die vielen Falten im Genick ansprechend viril aussahen. Die breiten kurzen Schenkel mit Muskeln wie Pluderhosen und den sehr zierlichen Pfoten darunter erinnerten an Tante Madge, die immer zu kleine Schuhe trug; der kraftmeierische Gang, wenn das Tier zum Kamin trabte, als ginge es bergauf, erinnerte an Henry Silberstein: rechts-links, zeigten die

Sprunggelenke (und bei Mr. Silberstein die Knie); wir
wollen rechts-links vom Weg ab, aber die Pfoten halten
Spur. So schwierig war das Zusammenleben vielleicht
gar nicht, sondern anregend, komisch; und George hielt
es für möglich, daß ihm am heutigen Abend eine Lek-
tion erteilt wurde.

Turi, der Sohn Repos'

Lady Kitty Ritson

Dick Preston stieg aus dem Wagen und streckte sich. Er war ganz steif und brauchte dringend eine Zigarette. Ein paar Minuten lang paffte er glücklich, dann dachte er an den jungen Hund im Korb und beschloß, das Tier eine Weile herauszulassen.

Er öffnete den Deckel, sah in den Korb und fluchte kräftig. Der Korb war leer, und in der einen Seite war jetzt ein kleines Loch.

Er schüttelte den Kopf und versuchte nachzudenken. Wo mochte der Hund entschlüpft sein? Dann erinnerte er sich. Zwanzig Meilen vorher hatte er gehalten und unter die Motorhaube gesehen, aber es wäre ihm nie in den Sinn gekommen, daß der Hund so viel Initiative entfalten könnte, sich durch den Korb zu nagen und dann aus dem Wagen zu kriechen.

Aber Dick wußte eben nicht, mit was für einem Hund er es zu tun hatte.

Im gleichen Augenblick saß Turi auf einer Wiese und betrachtete die Landschaft. Er war vier Monate alt, ein finnischer Spitz mit Ringelschwanz, Spitzohren und der Farbe eines Fuchses. Seine dunklen Augen besahen neugierig das Land, aber er verhielt sich ganz ruhig.

Die meisten jungen Hunde wären sehr in Angst gewesen, wenn sie sich so allein gefunden hätten; doch der

finnische Spitz kennt die Bedeutung des Wortes Panik nicht. Er ist immer vorsichtig, aber sein Selbstvertrauen ist ungeheuer. Erst heute morgen hatte man ihn bei seinem Züchter abgeholt, denn Dick Preston kaufte ihn als Geschenk für seine Braut. Aber Turi meinte, der Korb sei ein ungemütlicher Aufenthalt, und hatte augenblicklich ein Loch durchgenagt. Aus dem Wagen zu springen, während der Kopf des Mannes unter der Motorhaube vergraben war, bot keinerlei Schwierigkeiten, und Turi sah keinen triftigen Grund, warum er bei dem Mann bleiben sollte.

Nach einer Viertelstunde trottete Turi in den Schutz eines Waldes. Ein finnischer Spitz macht sich nicht viel daraus, längere Zeit der Sicht ausgesetzt zu sein, denn er ist dem Wild zu nahe verwandt, um das für unvorsichtig zu halten. Als er im Dickicht angelangt war, verbrachte er einige Minuten damit, seine Pfoten zu reinigen und sein Fell in Ordnung zu bringen. Dann fing er eine Maus, die er verspeiste, und schließlich rollte er sich zusammen und schlief.

Er erwachte aus seinem Schlummer, weil er Dick Prestons Stimme hörte.

»Komm doch, gutes, kleines Tierchen, komm doch«, hieß es lockend. Turi spähte mit sehr schwarzen Au-

gen nach dem Mann, blieb aber vollkommen still und unhörbar. Er hatte gar keinen Anlaß, dieser Stimme zu gehorchen, die ihm nichts bedeutete. Er wußte ganz genau, wo die Heimat lag, obwohl es immerhin ein Weg von achtzig Meilen und mehr war. Doch ein finnischer Spitz nimmt Entfernungen nicht zur Kenntnis und wird vierhundert Meilen und mehr laufen, um nach Hause zurückzukehren. Später würde er seine schwarze, zitternde Nase nach der Heimat wenden, doch im Augenblick fühlte er sich vollkommen glücklich.

Dick rief und rief, dann fluchte er und ging auf und ab. Der Hund beobachtete ihn mit Augen, die nicht zwinkerten, Augen, die eher an seine lappländischen Vettern, die Rentierhunde, erinnerten. Selbst die Nase blieb ruhig.

Nach einiger Zeit ging der Mann. Er war wütend, denn er hatte viel Geld für den Hund bezahlt, weil die Rasse in England noch selten ist; aber mehr war derzeit nicht zu tun. Turi blieb noch eine Weile liegen. Tiefer Friede breitete sich über das Land. Millionen Sterne hingen am Himmel, und die Milchstraße – die »Wolfsspur« der Indianer – war wie ein blasser Silberstreifen.

Jetzt begannen die Füchse sich zu regen, und eine

Füchsin trottete die Lichtung hinunter, hinter ihr zwei Junge. Sie sah den Hund, aber sie beachtete ihn nicht.

Turi entrollte sich. In einiger Distanz roch er Feuer, und ein Lagerfeuer bedeutete für ihn das Erwachen von Urvätererinnerungen, die seine Instinkte zur Tat anstachelten.

Er bewegte sich leicht auf seinen kleinen, sahnefarbenen Pfoten durch den Wald, bis er den Schein des Feuers wahrnahm. Auch nach Essen roch es. Der Drang nach der Heimat nagte ein wenig in ihm, aber bevor er sich endgültig heimwärts wandte, wollte er doch Umschau halten.

Als er den Saum des Waldes erreicht hatte, schnupperte er vorsichtig, und dann schlich er weiter. Dort bei dem Wagen waren menschliche Wesen, das stellte er fest, aber sie würden ihn nicht weiter stören. Die Wärme der glühenden Asche lockte ihn; doch wenn er auch klug war, so war er nur ein Welpe, und daß es einen Wachhund bei dem Zigeunerwagen gab, hatte er nicht festgestellt. Der Wachhund aber sprang auf ihn zu, schüttelte ihn lautlos, und nur Turis Glück verhinderte, daß der andere Hund ihm das Genick brach.

Turi heulte durchdringend, der Zigeuner stolperte

aus dem Wagen, und binnen zwei Sekunden hatte er Turi gerettet.

Es war eigentlich kein Zigeuner, sondern ein Arbeitsloser, der lieber die Straße entlangzog, als von Unterstützung zu leben. Er streichelte das rote Fellbündel, und in weniger als einer Minute war der kleine Hund wieder ruhig. Ein finnischer Spitz verliert niemals für längere Zeit seine philosophische Haltung.

»Siehst wie ein Fuchs aus, du«, sagte der Mann, aber er beging nicht den üblichen Fehler, den Spitz wirklich für einen Fuchs zu halten. Dazu wußte er zuviel vom Leben im Freien. Er gab ihm ein Stück Fleisch, das Turi hinunterschlang, und nahm ihn dann in den Wagen. Da war die Luft prachtvoll dick, und der Hund kuschelte sich, die Nase unter dem Schwanz, auf ein Stück Sackleinen. Kein echter Bewohner der Wildnis, sei er Mensch oder Tier, legt Wert auf die Nachtluft. Das ist eher das Steckenpferd der Städter.

Der nächste Morgen brachte einen herrlichen Junitag, und der Mann betrachtete Turi mit Interesse.

»Du bist ein komisches Ding«, sagte er, aber er erfaßte, daß er einen Rassehund vor sich hatte. Das kleine Tier gefiel ihm wohl, doch Leuten seines Schlages bekam es nie gut, wenn sie etwas Wertvolles be-

saßen, mochte es auch auf die redlichste Art zu ihnen gelangt sein. So fand er, es wäre klüger, den Hund wieder zu verlieren. Er gab ihm also nichts mehr zu essen, aber er band seinen eigenen Hund unter dem Wagen an, damit der dem kleinen Spitz nichts tun konnte.

Was der Mann nicht wußte, war, daß er in die gleiche Richtung fuhr, die auch der Hund einzuschlagen hatte, um nach Hause zu gelangen, und so trottete Turi ganz zufrieden neben dem Wagen her. Er verschwand für einige Minuten, und als er wiederkam, zog er ein junges Huhn hinter sich her. Es war nicht tot, aber der Mann sah sich rasch um und erledigte es. Seine Lippen öffneten sich zu einem Grinsen.

»Du brauchst noch Dressur, Junge«, bemerkte er, »töten ist schon recht, aber du mußt ganz geheim töten und apportieren, nicht am hellichten Tag morden. Du wirst mich in Ungelegenheiten bringen, ich muß dich loswerden.«

In diesem Augenblick kamen sie an einem großen steinernen Tor vorbei, und Turi wollte einen Blick hineinwerfen. Der Mann nahm die Gelegenheit wahr und schleuderte einen Stein nach ihm. Das gelang. Ein finnischer Spitz vergißt dergleichen niemals. Turi warf

158

dem Mann einen Blick aus seinen schwarzen Augen zu, die sich plötzlich zu einem Schlitz zusammenschlossen, und die geringelte Rute hing einen Moment lang schlaff herab. Dann aber trottete er weiter.

Der Weg machte eine scharfe Biegung, und Turi stand an einem anderen Tor, als gerade ein paar Rennpferde vorbeikamen. Der Trainer saß auf seinem Gaul und sah sie vorüberziehen, zuerst die älteren, ruhigeren Tiere, dahinter die jungen Pferde, geführt von Stallknechten. Auch die jungen Tiere waren soweit ganz ruhig und friedlich, bis auf einen großen und gutgebauten Hengst, in dessen Auge, das dunkel war wie Turis Auge, ein leichter weißer Schimmer blitzte. Er drehte und wendete den Kopf, scheute beim geringsten Anlaß und brach plötzlich in Schweiß aus.

Bill Turner, der Trainer, seufzte. Bei weitem das beste Tier des Stalls, dieser Zweijährige, aber schreckhaft wie seine Mutter und unvernünftig leicht reizbar. So war es immer. Mochten sie noch so vielversprechend, aus noch so guter Zucht sein, eines Tages entwickelten sie dennoch Launen, die alles verdarben.

Der Stallknecht hängte sich an den Kopf des Zweijährigen, und als das Pferd sich bäumte, wendete der Bursche sich ihm zu und sah es an.

»Schau ihn nicht an!« schrie Bill Turner gereizt. »Fällt dir gar nichts Vernünftigeres ein?«

Das Pferd wich schnaubend und schwitzend zurück, und Bill Turner fluchte in sich hinein.

Turi war unbemerkt geblieben. Er liebte den Geruch von Pferden; so überquerte er denn sorglos den Weg und setzte sich in einer besonders typischen Haltung auf sein Hinterteil, einer Haltung, die alle finnischen Spitze annehmen, wenn sie das Leben betrachten. Seine dunklen Augen zwinkerten nicht, aber seine schwarze Nase zitterte.

Der Zweijährige erblickte ihn, blieb stehen und starrte ihn an. Turi regte sich nicht, bis die Pferde vorbei waren, dann trottete er hinter dem Braunen her, der all seine Streiche vergessen zu haben schien und ruhig weiterging.

»Was ist das?« staunte Bill Turner, »ein Fuchs?«

»Weiß nicht, Sir; sieht mir eher wie eine Art Hund aus.«

»Gut, geh nur weiter! Der Braune scheint sich in ihn vergafft zu haben, was es auch sein mag.«

Die Pferde wurden auf die Übungswiese geführt, und Bill Turner sagte zu den drei Stallknechten: »Jetzt nicht hetzen, hört ihr? Langsamer Galopp!«

»Ja, Sir.«

Er beobachtete die jungen Tiere, die dem alten Pferd folgten, das sie zu führen hatte. Dann fluchte er wieder, als er Turi weit voran traben sah. Er seufzte erleichtert, denn der Hund verschwand jetzt in der Hecke. Hunde beim Training konnte er nicht leiden, sie machten die jungen Pferde nur nervös.

Er sah sie vorbeigaloppieren. Bei Gott! Der braune Zweijährige ging gut! Er griff weit aus, aber er ging gleichmäßig, die Ohren waren steif, das Auge ruhig. »Sunbright« hieß er, von »Golden Sun« aus »Pleiades«. Seine Haut leuchtete wirklich wie die Sonne. Es war irgend etwas Besonderes an ihm; wenn nur das Schicksal ein klein wenig Verständnis haben wollte!

Er schlenderte über die Wiese bis zu dem Platz, wo die Stallknechte hielten, und da bemerkte er Turi, der wie ein kleiner Gnom im Schatten der Hecke saß. Der Hund trottete über den Rasen, und der Zweijährige reckte ihm den Kopf entgegen und wieherte.

»Führt sie nach Hause!« befahl er. »Und wenn das Ding da mitgehen will, meinetwegen. Gebt ihm was zu fressen! Der Braune hat sich richtig in ihn vergafft.«

Die Pferde wurden in den Stall geführt, und Turi hielt sich an Sunbrights Seite. Keine Spur von Müdig-

keit war in der stolz getragenen Rute, die allerdings die
buschige Schönheit des Erwachsenen noch lange nicht
erreicht hatte. Er blieb in der Mitte des Hofs, während
die Stallknechte ihre Arbeit taten, dann spazierte er in
die Box des Zweijährigen, legte sich in die Ecke und
rollte sich in das goldene Weizenstroh, dessen Farbe so-
sehr der Farbe seines eigenen Fells glich. Bald schlief er
ein, der Zweijährige witterte ihn, wendete sich und begann zu fressen.

Als der Stallknecht wiederkam, war das Futter fort,
und der Zweijährige stand ganz ruhig.

»Nein, so was!« sagte der Bursche. »Was ist nur mit
ihm los?«

In der Regel war Sunbright verflucht kapriziös und
pflegte sein Futter auf jene Art zu beschnuppern, die
Trainern und Stallburschen das Herz bricht.

Er berichtete dem ersten Stallknecht die frohe Neu-
igkeit, und der kam selbst nachsehen. Turi reckte sich,
erwachte, setzte sich auf und sah Sunbright an. Das
Pferd senkte den Kopf und blies den Hund an; Turi nieste, aber er regte sich nicht.

»Ja...«, sagte der alte Bob und drückte seine Gefühle mit Worten aus, die wohl bündig, aber nicht leicht
wiederzugeben sind. »Ich hab' schon von Pferden

gehört, die verrückt nach Ziegen oder sonstwas waren;
aber wer hätte das von diesem Gaul da gedacht? Hier,
gib dem Ding da was zu fressen! Wenn er so was wie
eine Maskotte ist, muß er gefüttert werden. Ein halber
Fuchs ist es, sag' ich euch.«

Was immer auch der Stall von Turis Herkunft denken mochte, alle, von Bill Turner angefangen, segneten
den Hund. Sie versorgten ihn mit dem besten Futter,
von dem er aber nur hin und wieder verächtlich aß. Ein
finnischer Spitz gedeiht am besten, wenn er »vom
Land« lebt. Zahllose Mäuse, gelegentlich ein Maulwurf
– der Sommer war trocken, und die Maulwürfe hatten
ein schweres Leben –, junge Vögel und eine Menge von
Kohlstrünken und anderes Zeug bildeten seine Diät.
Sein Fell wurde röter und dichter, und seine Rute war
ein Prachtstück, schwenkte sich vorwärts und preßte
sich an seine lohgelbe Flanke, an die sahnefarbene Un-
terseite, als wollte er in die Ferne Zeichen geben.

Seine volle Höhe, achtzehn Zoll an der Schulter,
hatte er wohl noch nicht ganz erreicht, aber er wuchs
täglich. Seine mongolischen Augen waren so schön wie
immer, und er war erfüllt von jenem erlesenen Ding,
das »Qualität« heißt. Warum auch nicht? War er nicht
»Turi Repospoika«, was soviel bedeutet wie »Turi, Sohn

des Repos'«, und dehnte sich hinter ihm nicht eine Ahnenreihe, so stolz und so schön wie die Ahnenreihe Sunbrights?

Hatten seine Vorväter nicht in den dichten finnischen Wäldern für ihre Herren das Wild gejagt und das Leben selbst vor den Tatzen des mächtigen Bären aufs Spiel gesetzt?

Er war »Turi, der Schöne«, wenn der Stall ihn auch »Foxie« nannte.

Ein einziger Mann hatte vielleicht eine Ahnung von Turis Wert, und dieser Mann war Bill Turner. Etwa eine Woche nach der Ankunft des Hundes hatte er in zwei Hundezeitungen und einer Tageszeitung eine Anzeige gelesen, der er entnahm, daß es einem Gentleman namens Dick Preston überaus dringend war, etwas über den Verbleib eines finnischen Spitzes zu erfahren. Auch eine große Belohnung war erwähnt, doch Bill Turner träumte von einer weit größeren Belohnung.

Denn seit Turis Ankunft war Sunbright ein ganz anderes Geschöpf geworden. Er schnupperte nicht mehr über sein Futter hin, sondern fraß es auf. Solange der Hund dabei war, blieb das Pferd beim Training lenksam und zugänglich, aber wenn Turi nur für einen Tag ver-

schwand, was einmal geschah, als er gerade einen wichtigen Jagdzug unternommen hatte, dann wurde Sunbright zerstreut, verweigerte das Futter, sah Schatten, wo es keine gab, und versetzte den ganzen Stall in einen Zustand von Gereiztheit und Verzweiflung.

Bill Turner wußte, daß er große Hoffnungen auf den Zweijährigen setzen konnte, wenn man nur erreichte, daß seine Launenhaftigkeit nicht durchbrach. Bill Turner hatte glänzende Visionen von einer Menge Geld, die er im Herbst in Doncaster mit ihm gewinnen wollte, und bei dem bloßen Gedanken, Turi zu verlieren, rann sein Blut kalt. Er verbrannte die Zeitungen, in denen die Anzeige erschienen war, und gab sich selbst das Versprechen, für den Fall, daß Sunbright die Hoffnungen erfüllte, Dick Preston einen Preis für den Hund zu bieten, der ihn vergessen lassen würde, daß er, Bill, tatsächlich zum Dieb geworden war.

Die Wochen vergingen, und er hoffte, daß Preston nicht mehr daran dachte, den Hund je wiederzufinden. Turi ging täglich neben Sunbright einher oder flitzte, nur ein paar Meter entfernt, mit gestreckter Rute über die Dünen, wenn der Braune seinen Galopp erledigte. Niemals lief er in den Weg, aber nie entfernte er sich zu weit. Ein finnischer Spitz hat die mysteriöse Gewohn-

heit, zu verschwinden und dann offenbar aus der dünnen Luft wieder Gestalt anzunehmen. Doch von zwei
Malen abgesehen, versäumte er keine Nacht in der Box
des Pferdes und hockte wie eine kleine Pflegerin daneben, während Sunbright sein Futter fraß.

Einmal erschien er nachmittags zum Tee in Bill Tur-
ners Landhaus. Er richtete sich auf dem Teppich bequem
ein und wollte schlafen. Bill bot ihm ein Stück Kuchen
an, das Turi musterte, aber ablehnte, bis er es sorgfältig
beschnüffelt hatte.

Dann spielte er »Maus« damit, und erst nachdem er
es »getötet« hatte, nahm er noch mehr, aber er ver-
schmähte, darum zu bitten.

Von da an wurde der Besuch bei Bill zur Teezeit zu
einer Regel, denn die Ställe lagen in ihrer Nachmittags-
ruhe, und Sunbright döste in seiner Box. Doch Turi
wußte instinktiv, wann die Zeit der Fütterung da war,
streckte sich, putzte Pfoten und Gesicht, richtete sein
Fell und trottete in den Stall, wenn die Burschen kamen. Dort war er auch, wenn Bill seinen Abendbesuch
machte, aber er blieb neben dem Braunen und lief nicht
im Stall herum.

Eines Abends, gegen zehn Uhr, sah der Trainer nach
und fand den Braunen im Stroh liegend und Turi – ein

goldener Fleck gegen das leuchtendere Braun – dicht an ihn geschmiegt.

»Und ich dachte, ich verstände was von Pferden«, sagte er zu sich und zog sich mit stillem Lächeln zurück.

Die Wochen verstrichen, und seine Hoffnungen stiegen immer höher. Sunbright hatte sich gekräftigt, zum Teil ohne Zweifel, weil er gereift war, aber vor allem, weil er aufgehört hatte, wegen jeder Nichtigkeit gespannt zu werden wie eine Geigensaite. Wenn Bill nur die Champagne Stakes in Doncaster mit ihm gewinnen konnte!

Denn wenn es im allgemeinen stimmt, daß nichts so erfolgreich ist wie der Erfolg, so gilt das für einen Trainer doppelt. Ein Erfolg scheint den andern hinter sich zu ziehen, und Fortuna, die süße und wankelmütige Lady, spielt eine Hauptrolle dabei. Bisher hatte sie Bill Turner noch nicht gelächelt. Er hatte gute Pferde gehabt und doch um eine Winzigkeit nicht gut genug, oder etwas anderes ganz Unvorhergesehenes und Unverhersehbares ereignete sich in der letzten Minute. Er hatte alles, was er besaß, aufs Spiel gesetzt, und wenn er auch nicht der Mann war, sich kampflos schlagen zu lassen, so gibt es doch eine Grenze, über die hinaus auch der zäheste Wille nicht auf den Sieg hoffen kann.

Sunbright war in Form, ganz genau in Form, und wenige Leute wissen, wie schwer es ist, diesen Stand just im psychologischen Augenblick zu erreichen. Über den ganzen Stall breitete sich eine Atmosphäre gespannter Erwartung.

»Der Hund wird wohl mit dem Zweijährigen gehen, denke ich, Sir?« fragte der alte Bob.

»Mein Gott, natürlich!« sagte der Trainer. »Wenn der Hund nicht mitkommt, können wir ebensogut zu Hause bleiben.«

Turi war in der vollen Pracht seines Fells. Es umstand in einer wunderbaren Krause seinen Hals, farbschön wie fallende Buchenblätter, erhellte sich bei den Pfoten zu sahnigem Weiß und zu einem blendenden Weiß unter dem Bauch.

Bill betrachtete Turi, der etwa eine Woche vor dem Rennen in der Mitte des Hofes stand.

Er fuhr zusammen, als Bob nachdenklich sagte: »Wer hätte gedacht, daß das kleine Ding da sich zu so einem Hund auswachsen würde? Sieht aus, als hätte er was Gutes hinter sich. Das ist keine Promenadenmischung nicht. Ich wär' gar nicht erstaunt, wenn sich herausstellen würde, daß er auf seine Art so gutes Blut hat wie der Braune.«

»Ach, ich weiß nicht«, antwortete Bill unverbindlich, »sieht eher aus wie ein zu groß geratener pommerscher Spitz.« Und dann wechselte er schnell das Thema.

An jenem Nachmittag fuhr der Trainer nach London und kam erst spät nach Hause zurück. Der nächste Morgen war so prachtvoll, wie nur ein strahlender Septembertag sein kann, und Bill pfiff, als er das Bein über seinen Gaul schwang. Er galoppierte nach dem Trainingsplatz und sah Sunbright mit vier anderen dahinter. Sogleich hatte sein Auge erspürt, daß irgend etwas nicht stimmte.

Er trabte zu Bob.

»Was ist mit dem Braunen los?« fragte er und hoffte, gegen die eindringliche Stimme seiner eigenen Vernunft, die Antwort würde lauten: Er ist ganz in Ordnung, Sir.

»Der Hund ist letzte Nacht nicht heimgekommen«, antwortete der älteste Stallknecht düster. »Der Braune hat sein Futter nicht angerührt, und als ich nach ihm sah, war er schlecht gelaunt. Heute morgen ist er ganz wie losgelassen.«

»Das mußte geschehen«, sagte Bill Turner bekümmert, »das mußte geschehen. Tja, da können wir Sun-

bright ebensogut zu Hause lassen, und was andres ist da nicht zu tun.«

Bob nickte. Auch seiner Meinung nach ließ sich nichts weiter zu der Sache sagen.

»Kann nicht einsehen, warum keiner ein Aug' auf den Hund gehabt hat«, brach Bill gereizt und, wie er wußte, ganz ungerecht aus, doch er war zu hart getroffen, um seine Worte zu wägen. »Scheint, daß ich nicht für einen Nachmittag fort kann, ohne daß irgendwas schiefgeht.«

Er ritt zum Braunen hinüber und betrachtete ihn. Das Tier schwitzte, und das Weiße in seinem Auge war allzu sichtbar. Als ein Zweig mit ein paar raschelnden Blättern vorbeigeweht wurde, scheute es heftig.

»Führt sie alle zurück«, befahl Bill, »und geht den Hund suchen. Fünf Pfund für den Mann, der ihn findet. Zum Teufel, er ist vorher niemals fortgelaufen, warum sollte er von allen Tagen gerade diesen hier ausgesucht haben?«

Doch Turi, der Sohn Repos', war wirklich nicht fortgelaufen. Wenn ein erwachsener finnischer Spitz sich einmal irgendwo häuslich niedergelassen hat, dann ist es fürs Leben. Die Erinnerungen eines Welpen mögen sich noch auslöschen lassen, später aber niemals. Ver-

kauft den erwachsenen Hund, und es bricht ihm das Herz, oder er stirbt bei dem Versuch heimzukehren.

Turi hatte Bill zur Teestunde besuchen wollen, und da er ihn nicht fand, war er auf einen Bummel gegangen. Es gab ein oder zwei Eichhörnchen, die er zu jagen wünschte, doch eines davon flitzte über die Landstraße und Turi hinterher.

Es war nicht allein die Schuld des Fahrers, aber er hätte seinen schnellen, kleinen Sportwagen wohl anhalten können, denn er wußte gut genug, was er angestellt hatte. Das Rad hatte den Hund erwischt und durch die Hecke geschleudert, wo er völlig betäubt liegenblieb.

Derzeit erwachte das Bewußtsein in ihm, und sein Körper war nur ein einziger, schrecklicher Schmerz. Er versuchte heimwärts zu kriechen, doch das war vergeblich, und seinem primitiven Instinkt gehorchend, gelang es ihm gerade nur, sich in das dichte Unterholz zu schleppen, wo seine Feinde, die Eichhörnchen, auf ihn hinunterblickten und feixten.

Er war drei Meilen von zu Hause entfernt und fiel nun abermals in eine Art Betäubung zurück, einen Zustand, den die barmherzige Natur ihm schenkte, die sehr wohl weiß, wann Ruhe wichtiger ist als Medizin. Die Stimmen der Suchenden in der Ferne hörte er

nicht, seine matten Augen waren geschlossen, und sein verschmutztes Fell war ganz dick von verklebtem Staub und Ölspuren. Er lag und litt mit jener vollkommenen Ergebung, die wir zu üben vergessen haben. Kaum spüren wir einen Schmerz, so suchen wir auch schon die Abhilfe.

In den Ställen herrschte Verzweiflung. Binnen zwei Tagen verlor Sunbright seine Form.

»Wir wollen ihn nicht arbeiten lassen«, sagte Bill Turner, »das wird ihm weniger schaden, als wenn wir ihn in diesem Zustand plagen. Kommt der Hund in den nächsten vierundzwanzig Stunden zurück, dann haben wir eine Chance. Aber er wird schon nicht. Ich kenne mein Glück.«

Doch er irrte sich, und das Glück, das Verständnis für einen gewissen Mut hat, griff ein.

Am Mittag des vierten Tages kroch ein schmutziges, kleines Etwas in den Hof. Seine Zunge war vor Durst vertrocknet. Ein Hinterbein zog er nach, und seine Augen waren verschleiert, aber – er hatte sein Ziel erreicht. Sein unbezähmbarer Geist hatte über seinen zerschlagenen, schwachen Körper gesiegt.

Bob war der erste, der ihn sah, und sprang zu. Unendlich zart hob er ihn auf.

»Sagt es dem Alten«, befahl er, und drei Minuten später war Bill im Hof.

»Von einem Wagen überfahren und liegengelassen«, stellte er fest.

Unter den versammelten Stallknechten entstand ein unterdrücktes Murren, und wenn der schuldige Fahrer dagewesen wäre, dann hätte er gewußt, was lynchen heißt.

»Mr. Stainton soll sofort kommen«, sagte Bill und stellte Turi behutsam auf die Füße. Die verschleierten Augen öffneten sich, und der Hund machte eine kleine Anstrengung, in der Richtung von Sunbrights Box vorwärts zu kriechen. Bill nahm ihn auf und legte ihn in eine schattige Ecke, die die goldigen Sonnenstäubchen nicht erreichten. Da lag er ausgestreckt und schwer atmend, aber der Zweijährige wendete augenblicklich den Kopf und ließ ein leises Wiehern hören.

»Geh behutsam mit ihm um!« sagte Bill, doch das war überflüssig.

Sunbright ging mit samtgleicher Bewegung vorbei, und einen kurzen Augenblick lang streckte sich eine kleine, geschwollene Zunge aus Turis Maul. Der Trainer nahm eine Schale voll Milch und hielt sie an die heiße Schnauze. Und die Milch wurde aufgeleckt; nach jedem

Schluck gab es einen schweren Atemzug, aber die Milch wurde aufgeleckt.

Bill dachte nicht mehr an das Rennen, er sah nur mit jener Bewunderung auf Turi, die alle anständigen Menschen vor einem tapferen Geist empfinden.

»Du kleiner Sportsmann«, flüsterte er beinahe zärtlich und hielt die Schale schief, so daß kein Tropfen verlorenging. Dann streckte sich Turi mit einem Seufzer und einem ganz kleinen schmerzlichen Wimmern und schlief ein.

Eine halbe Stunde später betrachtete ihn der Veterinär zweifelnd.

»Er ist zu zerschlagen, als daß ich sagen könnte, ob er eine innere Verletzung erlitten hat oder nicht«, meinte er. »Ich neige eher dazu zu glauben, daß ihm nichts Ernstes geschehen ist. Diese Hunde sind außerordentlich; sie sind imstande, sich durch ihre bloße Willenskraft wieder aufzurappeln. Da ist nichts zu machen, als ihn in Ruhe zu lassen und ihm zu essen zu geben, was er nur mag.«

»Brands Essenz und Milch«, schlug Bill vor, und der Tierarzt nickte.

»Ich würde ihn von hier fortnehmen«, sagte er. »Das Pferd könnte ihn treten.«

Der Trainer schüttelte den Kopf.

»Ich glaube, daß es das Pferd war, das ihn heimge-
bracht hat«, und er erzählte dem Tierarzt die Geschichte.

»Ich habe solche Dinge schon ein- oder zweimal er-
lebt«, sagte er. »Es gibt einem zu denken. Ich kann es
mir nicht leisten, sentimental zu sein«, fügte er hinzu,
»aber diese Geschichten machen einen doch immer
staunen.«

Er beantwortete eine unausgesprochene Frage in
Bills Augen.

»Warten Sie ab, wie es ihm an dem Tag geht, an dem
der Braune nach Doncaster soll, und lassen Sie sich von
dem leiten, was der Hund tun will.«

Was Turi tun wollte, als der Tag da war, das war gar
keine Frage. Von seiner Rückkehr an waren die Rollen
vertauscht, und es war Sunbright, der über den Hund
wachte. Das Pferd hatte sofort wieder gefressen und
wurde ruhig und gesammelt. Wenn der Zweijährige in
seine Box kam, hob Turi den Kopf, schnupperte mit seiner schwarzen Nase und fiel wieder in Schlaf. Er leckte
die Milch ebenso willig wie seine Medizin, und am
Tage, bevor Sunbrights Training wieder begann, kroch
der Hund auf den Hof hinaus; noch sehr schwach allerdings, aber doch auf allen seinen vier Beinen.

Es war sonnig draußen, und langsam hob sich die buschige Rute aus ihrer Ruhelage und rollte sich nach und nach über dem goldenen Rücken ein.

Er machte die Reise in der Box des Pferdes und im Arm des Stallknechts mit, und in dieser Nacht schliefen Hund und Pferd still und friedlich in ihrem neuen Quartier.

»Hat sich gut gemacht!« Lord Kinmartin, der Besitzer des Pferdes, sagte es zu Bill Turner und ließ im Gehege die Augen über Sunbright gleiten, während der Herbstsonnenschein die Kruppe des Zweijährigen erglänzen ließ wie eine Medaille.

»Ich hätte nie geglaubt, daß er so kräftig werden könnte. Was ist an der Geschichte mit dem Hund dran?«

»Sie ist wahr genug«, sagte der Trainer, »dort ist der Hund.« Er wies auf Turi, der mit verbundenem Hinterbein auf dem Arm eines Stallknechts hockte.

Er erzählte dem Besitzer Sunbrights die Geschichte, und Lord Kinmartin grunzte zufrieden.

»Alle Welt weiß es bereits«, sagte er. »In jedem Fall ist es eine gute Reklame.«

Da Lord Kinmartins ansehnliches Vermögen in weitem Maße mit Hilfe von Reklame gemacht worden war,

mußte man seine Autorität auf diesem Gebiet anerkennen. Jedenfalls hatte die Presse bereits Wind von der Sache bekommen, und ein Dutzend Reporter hatten Bill Turner mit Fragen nach der ganzen Geschichte bestürmt. Auch war Turi schon mehrmals geknipst worden. Doch Bill hatte nur wenig zu erzählen, und sie waren begierig nach mehr.

Turi war das letzte, was der Braune sah, als er das Gehege verließ. Er galoppierte die Gerade zum Startplatz hinunter, neben ihm Grey Cloud, der Favorit, Hurry Up, der zweite Favorit, Gay Girl, Bright Boy, All Alone und sechs andere.

Ted Norton ritt Sunbright. Er war keiner der modischen Jockeys, aber Bill Turner hatte ihn gern. Zwischen ihm und dem Pferd, das er ritt, war immer eine sympathische Beziehung, wenn es auch bei einem harten Finish klügere Jockeys geben mochte.

Sunbright ließ sich in guter Stimmung und ziemlich ruhig zum Start reiten, sehr im Gegensatz zu seinem sonstigen Benehmen, da das Pferd nur mit großen Schwierigkeiten, schwitzend und immer wieder ausbrechend, ans Band zu bringen war. Ein anderes Pferd machte kehrt und wurde wieder in die Reihe gebracht.

»Sind Sie bereit?«

»Nein, Sir. Warten Sie, Sir. Ja . . .«

Das Band flog in die Höhe.

»Los!«

Sunbright sprang vorwärts. Ted Norton spürte leicht überrascht, aber mit wachsender Befriedigung die Kraft des Pferdes unter sich. Er hielt es im Tempo und wagte nicht, mehr zu tun, denn Bill Turner hatte ihn gewarnt:

»Du kannst dich auf ihn verlassen. Er denkt, und er denkt schneller, als wir es tun können.«

Drei Achtelmeilen waren noch zu laufen. Drei Pferde hatte er schon überholt, und der Braune hatte sich noch nicht gestreckt und lag als fünfter. Ted ließ ihn locker, und er flog an Gay Girl und Bright Boy vorbei.

Zwei Achtelmeilen noch. Konnte Ted es jetzt wagen? Er trieb Sunbright an und sah, wie Hurry Ups Kruppe zurückfiel. Jetzt war er auf gleicher Höhe mit Hurry Ups Sattel, jetzt mit der Schulter – er hatte ihn erledigt!

Nun blieb nur noch Grey Cloud, und beim letzten Pfosten hatte er ihn eingeholt. Noch einmal preschte der Graue vor, doch Sunbright hängte sich an ihn. Konnte er es schaffen? Ted trieb den Braunen an, und der reagierte prächtig. Jeder Sprung brachte ihn näher.

In der Menge war wilder Aufruhr. »Wer ist das?« –
»Der Braune mit dem Hund!«

»Sunbright hat's! Nein, er hat's nicht – Grey Cloud!
Grey Cloud! Sunbright! Sunbright!«

Der braune Kopf mit der Blässe war in Front, als die
Richterbox vorbeiflitzte.

Ein Höllenlärm brach los. Es gab großen Jubel. Die
sentimentale englische Menge hat gern eine gute Geschichte, und es wußte bereits jedermann von dem
Hund Turi. Ein paar Frauen hatten aus Sympathie auf
den Braunen gesetzt, aber sonst war wenig Geld auf ihn
riskiert worden, und die Buchmacher waren zufrieden.

Sunbright wurde jetzt vorbeigeführt, neben seinem
Kopf ging Lord Kinmartin, doch niemand beachtete ihn.
Ein kleines Gesicht mit spitzen Ohren und schwarzen,
klaren Augen spähte über das Geländer. Turi thronte
auf dem Arm eines Stallknechts. Sunbright erwiderte
den Blick und wieherte dann fröhlich. Die Menge
wurde ganz verrückt und drängte sich um den Stallknecht; alle wollten den Hund streicheln. Die Reporter
zitterten vor Aufregung.

Turi sah sie an und ließ das typische kleine Jaulen des
finnischen Spitzes hören.

»U-ah-h-h!« sagte Turi, der Sohn Repos'.

Die gefährlichen Freuden der erstrebten Freiheit

Hans Hellmut Kirst

Daß es sich bei diesem Hund um einen besitzergreifend neugierigen Ausreißer handelte, war seinen Menschen nicht einmal nach Muckels lebensgefährlichen Hühnerhofheimsuchungen so ganz klargeworden. Zumal er in den Wochen danach ja auch durch sein eingegipstes Hinterbein stark daran gehindert war, die von ihm ersehnten großen Sprünge zu machen.

So konnte man mal wieder sagen, daß jemand seine Not in eine Art Tugend verwandelte. Der vorübergehend laufbehinderte Muckel ergab sich in sein Schicksal, sanft, anschmiegsam, fast kindlich vertrauensvoll. Der war nur darauf aus, sich zunächst einmal, mit erkennbarer Wonne, betreuen zu lassen – meinte der Mann.

Und dann sagte die Frau eines schönen Tages, eines wohl besonders schönen für diesen Hund: »Wir haben doch einen großen Garten – wenigstens in dem sollte sich unser Muckel frei bewegen können.«

»Aber nicht ohne Absicherungen!« stimmte der Mann nicht ganz bedenkenlos zu.

Er beauftragte eine Baufirma damit, den Zaun *stabil und absolut dicht* zu machen: oben Stacheldraht, unten mit Erde und Zement befestigt. Kaum noch von Maulwürfen zu unterwühlen, wurde behauptet – was selbst-

verständlich ein Irrtum war; denn die schafften das mühelos. Womit sie Muckel sozusagen in die Pfoten arbeiteten.

Dennoch erschien zunächst so gut wie alles zufriedenstellend. Muckel mied die nördliche Grenze dieses Grundstückes, hinter der der Schrotflintenmensch lauerte; und die teilweise bekieste, streckenweise asphaltierte Nebenstraße im Osten war auch kein erkennbarer Anziehungspunkt für ihn. Im Westen jedoch wohnten gleich zwei weitere Nachbarn, die durchaus auch für Hunde als angenehme Menschen zu bezeichnen waren. Der eine war von wohlwollender Gleichgültigkeit, der andere geradezu großmütig tolerant, sogar sämtlichen Tiersorten gegenüber. Und im Süden befand sich das unzugängliche Moor – von dem hatte der Weg, an dem sie wohnten, seinen Namen erhalten.

Das alles mit möglichst gründlicher Vorsicht zu erforschen, brauchte nun mal seine Zeit, selbst für dieses entdeckungsfreudige Hundewesen. Schließlich hatte der Garten die Ausmaße von einigen Fußballplätzen. Und zwischen halbwegs übersichtlichen Rasenflächen, zutreffend als Wiesen bezeichnet, wuchsen dichte Sträucher, standen Dutzende Birken und dabei auch

drei Bäume, die mehr als hundert Jahre alt waren: ur-welthaft wirkend, mächtige Weiden.

Zwischen vorderer Hauptwiese und hinterem Obst-garten floß ein munterer Bach. Der wurde, weil bequem erreichbar, bald zu Muckels bevorzugter Privatbar. Ei-nige andere sollten später dann noch hinzukommen, von der Tochter zeitgemäß als *Muckels Tankstellen* be-zeichnet. Im Garten gab es dann auch noch den Teich am westlichen Rande, in den der Hund manches Mal lange hineinstarrte. Vermutlich war der wohl für ihn ein gigantischer Spiegel, in dem er sich gern betrach-tete.

Bei diesen Expeditionen in seine nähere Umgebung kam dann auch das bei diesem Hund zum Vorschein, was man wohl *Jagdinstinkt* nennt. Er begegnete eben nicht nur bizarren bis mächtigen Gewächsen, nicht nur verschiedenen Gewässern, sondern auch Tierlebewe-sen, die ihn magisch anzogen. Denen stürzte er sich ent-gegen.

Natürlich keineswegs wahllos. Katzen etwa duldete er, Schafe und Rinder auch, aber vor ihm auf- und da-vonflatternde Vögel erregten seine größte Aufmerk-samkeit, ebenso Wühlmäuse, und vor dahinflitzenden Hasen stand er erst verblüfft, bevor er ihnen unverzüg-

lich nachstürzte, erregt und heftig stieß er besonders rauhe, laute Töne dabei aus.

Aber all das war stets völlig vergeblich. Er erledigte, also erlegte wohl in seinem Leben kein einziges Tier. Doch er freute sich daran, es immer wieder zu versuchen.

Viele Jahre später wurde er dann allerdings in unmittelbarer Nähe einer zerbissenen, ja regelrecht zerfetzten Tessiner Giftschlange erblickt, deren Biß tödlich war. Neben der hockte Muckel kriegerisch triumphierend. Mit ausdauerndem Stolz.

Die Schlange war vermutlich von einer der Katzen des Hauses getötet worden. Und die hatte sie Muckel dann als Freundschaftsgabe zu Füßen gelegt. Die Katzen fühlten sich wohl geschmeichelt, ihrem Tier Nummer eins gefällig zu sein. Auch sie liebten ihn; und sie waren klug genug, in ihm einen möglichen Beschützer für sich zu sehen.

Damals aber begann alles erst. Schrittweise eroberte sich dieser Hund seinen großen Garten, bis er glaubte, alle erdenklichen Einzelheiten aufgespürt zu haben. Dann – brach er aus!

Zunächst in eine Richtung, die seiner Frau und deren Mann noch am angenehmsten war. Er drang bei den

Tiere tolerierenden westlichen Nachbarn ein, erschnüffelte dort jede erreichbare Ecke, fühlte sich sichtlich wohl, war spürbar nicht unwillkommen. Das Beunruhigendste an diesem Ausflug war, daß sich niemand erklären konnte, wie dieser Hund durch den mehrfach abgesicherten Zaun gekommen war.

»Das ist ein ganz ausgekochtes Kerlchen!« sagte der Mann überzeugt. »Was der will, das erreicht er auch. Der läßt einfach nichts aus.«

Was zuzutreffen schien. Muckel hat stets jede sich bietende Möglichkeit wahrgenommen, um auszubrechen. Nur ein unbewachter Augenblick – und er gab prompt seinem Freiheitsverlangen nach.

Ein angelehntes Fenster im Untergeschoß, eine nicht richtig geschlossene Tür, das Versäumnis, ihn rechtzeitig an die Leine zu legen – er nutzte alles aus und sauste davon. Schattengleich, ohne jeden Laut, auf leisen Pfoten.

Es war keinesfalls immer klar erkennbar, warum er weglief. Eine gewisse Abenteuerfreudigkeit müsse man ihm ja wohl zugestehen, meinte der Mann. Und auch die Frau war bereit, das zu akzeptieren.

Bis sie eines Tages dahinterkamen, daß es noch ganz andere Beweggründe für die Ausbruchsversuche ihres

Hundes gab. Muckel schien nämlich, sobald er eins seiner Familienmitglieder vermißte, nach ihm zu suchen. Und das bedeutete, daß er in das Dorf, in Richtung Bahnhof, Geschäfte, Gasthaus lief.

Ein anderer Grund, der Muckel bewog auszubrechen, sich entfernen zu wollen, war gelegentlich unvermeidbare Disharmonie in der Familie. Das Gefühl, daß die Menschen seiner Umgebung sich nicht ganz verstanden, bedrückte ihn. Er mußte sich dann wohl überflüssig, unbeachtet, ja wie eine Nebensache vorkommen.

Wenn er aus letzterem Grund flüchtete, war es schwer, ihn wiederzufinden. Dann schien er, wie um sich zu verkriechen, abgelegene Wege, abseitige Gehöfte, einsame Weidewiesen zu bevorzugen. Dort stand er dann zwischen Kühen, die ihn anstaunten und die er ruhig betrachtete.

Bei derartigen Fluchtausflügen waren Muckel die Begleitumstände völlig gleichgültig. Ob heiße Mittagssonne, eiskaltklare Nacht, strömender Regen – Muckel schien entschlossen, seine Menschen zu zwingen, nach ihm zu suchen. Als wäre das eine Möglichkeit, sie wieder zu vereinen.

Waren sie auf der Suche nach ihm, ließ er sich

schnell finden. Sie brauchten dann nur nach ihm zu rufen. Sobald er ihre Stimmen vernahm, möglichst beide
gleichzeitig, stürzte er auf sie zu, aus irgendeinem Gebüsch, hinter einer Hausecke hervor. Dann, in ihrem
Auto geborgen, war er bemüht, beide gleichzeitig zu
berühren, sie wieder miteinander zu verbinden.

Und diese Taktik funktionierte so gut wie immer.

Garm als Geisel

Rudyard Kipling

Eines Abends, es ist nun schon lange her, fuhr ich in das indische Truppenquartier Miam Mir, um einer Theatervorstellung beizuwohnen. Da stürzte plötzlich ein Soldat, die Mütze schief auf den Kopf gedrückt, von der Infanteriekaserne her, vor unsre Pferde und schrie wie toll, er sei ein gefährlicher Straßenräuber. Ich traute meinen Augen nicht: Das war ja ein guter Freund von mir, und so gab ich ihm denn den Rat, schleunigst nach Hause zu gehen, bevor er abgefaßt würde; doch da geriet er auch schon zwischen unsre Deichsel, und nun erscholl gar die Stimme der Wache.

Mein Kutscher und ich stießen ihn in unsern Wagen hinein, fuhren in schnellem Tempo nach Hause, entkleideten ihn und brachten ihn zu Bett. Am nächsten Morgen erwachte er mit heftigen Kopfschmerzen und sehr beschämt. Nachdem seine Uniform gereinigt und er rasiert, gewaschen und in Ordnung gebracht war, fuhr ich ihn zur Kaserne zurück, sein Arm in einer sauberen, weißen Schlinge, und berichtete, daß ich ihn durch ein Mißgeschick überfahren hätte. Den Vorfall erzählte ich wohlweislich nicht dem Wachtmeister meines Freundes, der ein feindseliger, mißtrauischer Mensch war, sondern seinem Leutnant, der uns nicht näher kannte.

Drei Tage darauf besuchte mich mein Freund; auf den Fersen folgte ihm einer der feinsten Bullterrier, die ich je mit Augen gesehen habe, einer von der alten Zucht, zwei Teile Bulldog und ein Teil Terrier. Er war weiß und hatte dicht unter dem Halsansatz einen rehfarbenen Fleck und einen zweiten an der Wurzel seines dünnen Schwanzes. Ich hatte ihn schon seit mehr als einem Jahr aus der Entfernung bewundert, und Vixen, mein eigener Foxterrier, kannte ihn auch, aber schätzte ihn weniger.

»Ich habe ihn dir mitgebracht, er ist für dich«, sagte mein Freund, doch sah er aus, als ob er sich ungern von ihm trennte.

»Unsinn! Der Hund ist ja mehr wert als ein Durchschnittsmensch, Stanley«, sagte ich.

»Das ist richtig, vielleicht sogar noch mehr. Achtung!« Der Hund stellte sich auf die Hinterfüße und blieb eine ganze Minute in derselben Haltung.

»Augen rechts!«

Er ließ sich auf die Schenkel nieder und wandte den Kopf scharf nach rechts. Auf ein gegebenes Zeichen sprang er auf und bellte dreimal. Dann streckte er mir seine rechte Vorderpfote entgegen und sprang plötzlich mit einem behenden Satz auf meine Schulter, legte sich

wie eine Krawatte um meinen Hals; schlaff, wie leblos, hing sein Körper herunter. Nun sollte ich mich seiner entledigen und ihn in die Luft schleudern. Er flog mit Geheul zu Boden und hielt ein Bein hoch.

»Das ist alles Dressur, gehört zu dem Kunststück«, sagte sein Herr. »Jetzt stirb, erst grab dir dein Grab, dann schließe deine kleinen Augen.«

Noch lahm, hinkte er zum Gartenrand, grub dort ein Loch und legte sich hinein. Dann aber, als ihm gesagt wurde, er sei geheilt, sprang er heraus, wedelte mit dem Schwanz und winselte um Beifall. Er machte noch ein halb Dutzend anderer Kunststücke; so war er zum Beispiel auf den Mann dressiert (ich gab den Mann ab, er setzte sich vor mich hin, mit gefletschten Zähnen, zum Sprunge bereit), dann wieder mußte er auf Befehl im Fressen innehalten. Kaum hatte ich mich in Lobsprüchen über ihn erschöpft, als mein Freund eine Bewegung machte, nach der der Hund sich auf den Boden warf und wie angeschossen liegenblieb, darauf nahm mein Freund ein Stück blauliniertes Papier aus seinem Helm, überreichte es mir und lief davon, während der Hund ihm nachsah und kläglich heulte. Ich las:

»Ich gebe dir den Hund zum Dank für das, was du getan hast, um mir aus meiner gefährlichen Lage zu

helfen. Er ist der beste, der mir je begegnet ist, und ich habe ihn selbst zu dem gemacht, was er ist; er wiegt gut einen Menschen auf. Bitte, überfüttere ihn nicht, gib ihn mir nicht zurück, ich würde ihn nicht nehmen. Mache also keine Versuche, ihn mir wiederzugeben. Seinen Namen habe ich zurückbehalten, nenne ihn, wie du willst – und er wird darauf hören; nur gib ihn mir nicht wieder. Er kann einen Mann ohne weiteres umbringen; gib ihm nicht zuviel Fleisch. Er ist klüger als ein Mensch.«

Vixen bezeugte dem Bullterrier ihre Sympathie, indem sie mit durchdringendem Gekläff in sein Verzweiflungsgeheul einfiel, und ich war verstimmt, denn mir war es klar, daß ein Mensch, der sich etwas aus Hunden im allgemeinen macht, und ein Mensch, der einen bestimmten Hund liebt, zweierlei bedeutet. Hunde sind im Grunde doch weiter nichts als Ungeziefer beherbergende Rumtreiber, sich juckende unsaubere Vierfüßler und von Moses und Mohammed, ihren Gesetzen gemäß, als unrein verpönt. Ein Hund aber, mit dem du mindestens sechs Monate des Jahres allein haust, ein freies Geschöpf, das voller Liebe so an dir hängt, daß es sich ohne dich nicht vom Fleck rührt, eine geduldige, ruhige, kluge Seele, die deine Stimmungen versteht, be-

vor du sie selbst erkannt hast – ein solcher Hund ist keineswegs ein bloßer Hund.

Ich besaß Vixen, die mir den Hund in seiner Voll-
kommenheit bedeutete, und ich verstand, was mein
Freund empfunden haben mochte, als er sich sein
Herz aus dem Leibe riß und es in meinem Garten
zurückließ. Der Hund verstand nur zu deutlich, daß
ich nun sein Herr sei, und folgte nicht etwa dem Soldaten. Sobald er sich rührte, streichelte und liebkoste
ich ihn, und schon stürzte sich Vixen eifersüchtig
kläffend auf ihn. Hätte sie seinem Geschlecht an-
gehört, so hätte er sich durch einen Kampf aufheitern
können, doch so blickte er sich nur sorgenvoll um, als
sie seine stählernen Flanken angriff; er legte seinen
schweren Kopf auf meine Knie und heulte von
neuem. Eigentlich hatte ich die Absicht, den Abend in
meinem Klub zu verbringen, doch da es dunkel wurde
und der Hund wie ein Kind, das versucht, sein
Schluchzen zu unterdrücken, durch das leere Haus
schlich und schnüffelte, konnte ich es nicht über mich
bringen, ihn an seinem ersten Abend allein zu lassen.
So aßen wir denn alle drei zusammen, Vixen auf der
einen Seite von mir, der Fremdling auf der anderen;
sie beobachtete jeden seiner Bissen und gab deutlich

zu verstehen, was sie von seinen Manieren hielt, die viel besser waren als die ihren.

Vixen hatte es sich zur Gewohnheit gemacht, bis die Jahreszeit heiß wurde, in meinem Bett zu schlafen, ihren Kopf auf meinem Kissen, wie ein menschliches Wesen; gegen Morgen konnte ich immer beobachten, daß das kleine Ding, die Füße gegen die Wand gestemmt, mich an den äußersten Rand des Bettes geschoben hatte. An diesem Abend hatte sie es, gewiß nicht ohne einen Hintergedanken, besonders eilig, ins Bett zu kommen. Die Haare standen ihr zu Berge, aufmerksam hielt sie ein Auge auf den Fremdling gerichtet, der sich ganz hilflos und betrübt auf eine Matte gelegt hatte, alle viere von sich gestreckt, und schwer atmete. Vixen rückte hin und her, um es sich auf dem Kissen möglichst bequem zu machen, wohl auch, um sich ein Ansehen zu geben, und nun fing sie auch noch ihren weinerlichen Singsang an, bevor sie einschlief. Der Fremdling schlich behutsam zu mir heran. Ich streckte ihm meine Hand entgegen, die er leckte. Im selben Moment befand sich mein Handgelenk zwischen Vixens Zähnen, und ihr warnendes »Aarr« gab mir zu verstehen, daß sie beißen würde, wenn ich den Fremdling noch weiter beachtete.

Ich faßte sie mit der linken Hand dicht unter ihrem fetten Hals, schüttelte sie energisch und sagte:

»Vixen, wenn du das noch einmal tust, so sperre ich dich auf die Veranda. Richte dich danach!«

Sie verstand mich ganz genau, aber kaum hatte ich sie freigegeben, so schnüffelte sie von neuem nach meinem Handgelenk, verhielt sich aber sonst ganz still; mit hochstehenden Ohren und niedergedrücktem Körper lag sie da, zum Biß bereit. Der Schwanz des großen Hundes schlug demütig und friedfertig den Boden.

Ich griff ein zweites Mal nach Vixen, nahm sie wie ein Kaninchen aus dem Bett (den Griff haßte sie und heulte) und trug sie, meiner Drohung gemäß, auf die Veranda zu den Fledermäusen und dem Mondlicht. Darob kläffte sie jämmerlich, bald wurde ihre Ausdrucksweise lebhafter und ungebührlicher, zwar nicht gegen mich, sondern den Bullterrier – bis sie vor Erschöpfung japste. Schließlich lief sie rings um das Haus und suchte an jeder Tür Einlaß. Dann begab sie sich zu den Ställen und bellte, als ob sie anzeigen wollte, daß die Pferde gestohlen würden – das war einer ihrer altbekannten Kniffe. Endlich kam sie zurück, und ihr jämmerliches Geheul sagte deutlich: »Ich werde brav sein, laß mich herein!«

Ich ließ sie ein, und sie flog nur so auf ihre Kissen. Nachdem sie sich beruhigt hatte, flüsterte ich dem Hund zu: »Du kannst am Fußende liegen.« Sofort sprang der Bullterrier auf, und obwohl ich sah, wie Vixen vor Neid zitterte, war sie zu klug, um von neuem Einspruch zu erheben. So schliefen wir denn bis zum Morgen, und Bissen für Bissen nahmen die beiden ihr Frühstück mit mir ein, bis mein Pferd vorgeführt wurde und wir den Ritt begannen. Ich glaube nicht, daß der Bullterrier je zuvor mit einem Pferd gelaufen war. Er war wild vor Aufregung, und Vixen winselte wie gewöhnlich und schoß wie ein Pfeil davon, sie übernahm die Führung.

In der Nähe befand sich ein Dorf, dessen einen besonderen Teil wir stets mit Vorsicht passierten, da sich dort alle gelben, herrenlosen Hunde des Ortes versammelten. Es waren halbwilde ausgehungerte Tiere, die, obgleich durch und durch feige, doch, wenn neun oder zehn von ihnen zusammen sind, einen englischen Hund angreifen, zerfleischen und fressen können. Ich hielt stets eine Peitsche mit langer Schmitze für sie bereit. An jenem Morgen griffen sie Vixen an, die vielleicht in besonderer Absicht aus dem Schatten meines Pferdes gewichen war. Der Bullterrier schleppte sich

mühselig durch den Staub, er blieb etwa vierzig Meter zurück, wälzte sich ab und zu in seinem Lauf und lächelte nach Art der Bullterrier. Ich hörte Vixen winseln, ein halbes Dutzend Köter war ihr auf den Fersen, hinter mir erschien ein weißer Streifen, dicht neben Vixen erhob sich eine Staubwolke. Nachdem sie sich geteilt hatte, erkannte ich einen riesigen Köter mit gebrochenem Rückgrat und den Bullterrier, wie er einen zweiten zu Boden zwang. Vixen begab sich in den Schutz meiner Peitsche, und der Bullterrier zog allmählich ab, er lächelte inniger denn je, bedeckt mit dem Blute seiner Feinde. Das brachte mich darauf, ihn »Garm mit der blutigen Brust«, der in seinen Tagen ein großer Mann war, zu nennen oder kurz »Garm«; so erklärte ich ihm denn mit einer kurzen Verbeugung, daß dies sein vorläufiger Name sei. Er blickte zu mir auf, und ich wiederholte ihn, dann stürzte er fort. Ich schrie: »Garm!« Er hielt an, raste zurück und kam zu mir heran, um meinen Befehl entgegenzunehmen.

Da erkannte ich, daß mein Freund, der Soldat, recht hatte und daß dieser Hund mehr verstand und mehr wert war als ein Mensch. Am Schlusse unseres Rittes gab ich einen Befehl, den Vixen kannte und haßte, nämlich: »Marsch, laß dich waschen!« Garm verstand teil-

weise, und Vixen verdolmetschte ihm das übrige, und bedächtig zogen die beiden zusammen ab. Als ich die hintere Veranda betrat, war Vixen bereits schneeweiß gewaschen und sehr stolz auf sich. Der Hundebursche aber wollte Garm unter keiner Bedingung anrühren, wenn ich nicht daneben stünde. So wartete ich denn, während er abgeschrubbt wurde, und Garm, dem die Seife auf dem breiten Kopf schäumte, sah mich an, um sich zu vergewissern, ob es wirklich dies sei, was ich von ihm zu ertragen verlangte. Er wußte genau, daß der Hundebursche nur meinem Befehl gehorchte.

»Nächstes Mal«, sagte ich zu dem Burschen, »wirst du den großen Hund mit Vixen zusammen waschen, wenn ich sie nach Hause schicke.«

»Weiß er es?« fragte der Hundebursche, der sich auf Hunde verstand.

»Garm«, sagte ich, »nächstes Mal wirst du mit Vixen zusammen gewaschen.«

Ich wußte, Garm hatte verstanden. Und wirklich, am nächsten Badetag, als Vixen wie gewöhnlich unter meinem Bett verschwand, starrte Garm den unschlüssigen Hundejungen in der Veranda an, stolzierte an den Platz, wo er das vorige Mal gewaschen worden war, und stand steif und stramm im Faß.

Aber die langen Tage in meinem Büro waren ihm fürchterlich. Wir drei fuhren oft morgens um halb neun fort und kamen um sechs oder noch später zurück. Vixen, die den Verlauf der Dinge kannte, schlief unter meinem Tisch ein; aber die Gefangenschaft schnitt Garm tief in die Seele. Gewöhnlich saß er auf der Veranda und blickte den langen Weg hinunter, und ich wußte wohl, was er erwartete. Manchmal kam eine Kompanie Soldaten auf ihrem Weg zum Fort vorüber, und Garm rollte sich vorwärts, um sie in Augenschein zu nehmen, oder ein Offizier in Uniform erschien im Büro, und es war jammervoll, Garms Willkommensgruß zu beobachten, der dem Tuch, nicht dem Manne galt. Er sprang an ihm empor, beschnüffelte ihn und bellte freudig erregt, dann lief er zur Tür zurück. Eines Nachmittags hörte ich ihn heiser bellen – wie ich es noch nie gehört hatte –, worauf er verschwand. Als ich am Abend in meinen Garten einfuhr, kletterte ein Soldat über die Mauer, und Garm, der mir entgegenlief, war ein freudig erregter Hund. Dies geschah einen Monat lang zwei- oder dreimal wöchentlich.

Ich tat, als ob ich nichts merkte, aber Garm durchschaute mich und ebenso Vixen. Etwa gegen vier Uhr pflegte er sich aus dem Büro zu schleichen, als ob er sich

draußen ein wenig umsehen wollte, und so leise entfernte er sich, daß es mir nicht einmal aufgefallen wäre,
hätte mich Vixen nicht jedesmal darauf aufmerksam
gemacht. Der eifersüchtige, kleine Hund unter dem
Tisch ließ dann immer ein Schnauben und Schnaufen
hören, gerade laut genug, um meine Aufmerksamkeit
auf die Flucht zu lenken. Garm konnte vierzigmal am
Tage fortlaufen, und Vixen würde sich nicht rühren,
aber wenn er loszog, um seinen wahren Herrn in meinem Garten zu begrüßen, dann teilte sie es mir auf ihre
Weise mit. Mit diesen Zeichen wollte sie beweisen, daß
Garm denn doch nicht ganz zur Familie gehörte. Sie
waren stets die besten Freunde; immerhin gab mir Vixen zu verstehen, daß ich niemals vergessen durfte, daß
Garm mich nicht mit derselben Liebe liebte wie sie.

Ich erwartete es auch gar nicht. Der Hund war nicht
mein Hund – konnte nie mein Hund werden –, und ich
wußte, er fühlte sich unglücklich wie sein Herr, der fast
drei Stunden am Tage zurücklegte, um ihn zu begrüßen. So schien es mir denn, daß, je eher die beiden
wieder vereint würden, es um so besser für beide Teile
sein würde.

Eines Nachmittags schickte ich Vixen allein in meinem Dogcart nach Hause (Garm war vorausgelaufen),

ich ritt hinüber in die Kaserne, um einen Freund aufzu-
suchen, der ein irischer Soldat und intimer Freund von
Garms Herrn war.

Ich legte ihm den Fall vor und schloß: »Und in diesem Augenblick ist Stanley in meinem Garten und ver-
gießt Tränen über seinen Hund. Warum nimmt er ihn
nicht mit? Sie sind beide unglücklich.«

»Unglücklich! Viel mehr: der kleine Mann hat voll-
ends den Verstand verloren. Aber es ist sein Spleen.«

»Worin besteht sein Spleen? Er legt die Woche fünfzig englische Meilen zurück, um das Vieh zu sehen, und
er schneidet mich, wenn er mir begegnet, dabei bin ich
so unglücklich wie er. Bringe ihn dazu, daß er den Hund
zurücknimmt.«

»Es ist die Buße, die er sich auferlegt hat. Nachdem du ihm an jenem Abend, als er betrunken war,
so gelegen in die Quere kamst, sagte ich ihm einmal –
spaßeshalber –, daß er Buße tun müßte, wäre er Ka-
tholik. Der Gedanke setzte sich bei ihm fest und
wurde seine fixe Idee, und von dem Augenblick war
er nicht davon abzubringen, dir den Hund als Geisel
zu überlassen.«

»Geisel wofür? Ich brauche keine Geisel von Stanley.«

»Für sein gutes Betragen. Er hält sich jetzt gut, so gut, daß es kein Vergnügen ist, mit ihm zu verkehren.«

»Hat er sich verpflichtet, sich geistiger Getränke zu enthalten?«

»Wenn es nur das wäre, so machte ich mir keine Sorge. Man kann das Gelübde auf drei Monate ablegen und damit erledigt. Er sagt, er werde den Hund nie wiedersehen, und auf die Weise, paß nur auf, wird er sich in alle Ewigkeit gut aufführen. Du kennst seine Anwandlungen? Nun, das ist so eine. Wie trägt's denn der Hund?«

»Wie ein Mann. Er ist der beste Hund in Indien. Kannst du nicht Stanley dazu bewegen, ihn zurückzunehmen?«

»Ich kann nicht mehr tun, als ich bereits getan habe. Aber du kennst doch seine Launen. Er legt eben Buße ab. Was wird er tun, wenn er in die Berge geht? Der Arzt hat ihn auf die Liste gesetzt.«

Es ist in Indien eingeführt, daß eine gewisse Anzahl Kranker von jedem Regiment während der großen Hitze auf Posten in den Himalaja geschickt wird, und obgleich die Leute die Kühle und die Annehmlichkeiten dort oben zu schätzen wissen, so vermissen sie das Kasernenleben und tun alles mögliche, um zurückzukom-

men oder um überhaupt nicht fortgeschickt zu werden. Mir wurde klar, daß diese Veränderung die Angelegenheit in meinem Sinne fördern würde. So verließ ich denn Terence hoffnungsvoll, obgleich er mir nachrief: »Er nimmt den Hund nicht. Darauf kannst du beruhigt dein Monatsgehalt wetten. Du kennst seine Launen.«

Ich habe nie vorgegeben, in persönliche Eigenarten eindringen zu können, und so tat ich das Gegebene – ich ging meiner Wege.

Die Kranken des Regiments, dem mein Freund angehörte, wurden in diesem Jahr früh in die Berge abkommandiert, denn die Ärzte meinten, daß das Marschieren in der Kühle ihnen guttun würde. Ihr Weg lief etwa hundertundzwanzig englische Meilen südlich vom Orte Umballa, dann würden sie sich nach dem Osten wenden und in die Berge marschieren, nach Kasauli oder Dugshai oder Subathoo. Am Abend vor ihrem Ausmarsch speiste ich mit den Offizieren – um fünf Uhr morgens sollten sie aufbrechen. Es war Mitternacht, als ich in meinen Garten einfuhr und eine weiße Gestalt, die über die Mauer flog, überraschte.

»Dieser Mann«, sagte mein Diener, »ist seit neun Uhr hier und hat sich eine ganze Zeit mit dem Hunde abgegeben. Er ist ganz verrückt. Ich habe ihn nicht fort-

gejagt, weil er schon oft hier gewesen ist und weil der Hundebursche meinte, daß der große Hund mich sofort niederreißen würde, wenn ich den Mann fortschicken würde. Er wollte nicht den ›Beschützer der Armen‹ sprechen und hat auch nicht um Nahrung gebeten.«

»Kadir Buksh«, sagte ich, »du hast recht getan, denn der Hund hätte dich sicherlich getötet. Aber ich glaube nicht, daß der weiße Soldat wiederkommen wird.«

Garm schlief diese Nacht schlecht und wimmerte in seinen Träumen. Einmal sprang er mit hellem, fröhlichem Bellen auf, und ich hörte ihn mit dem Schwanz wedeln, bis er selbst davon aufwachte und das Bellen schließlich in einem heulenden Ton erstarb. Er hatte geträumt, er wäre wieder bei seinem Herrn, was mich fast zum Weinen brachte. Es war alles Stanleys Schuld.

Es war einige Meilen von ihren Kasernen, auf der Amaritsarstraße, und zehn Meilen von meinem Haus, wo die Abteilung der Kranken zum erstenmal haltmachte. Durch einen bloßen Zufall fuhr einer der Offiziere noch einmal zurück, um sich im Klub noch ein letztes gutes Mittagessen zu gönnen (auf dem Marsch wird immer schlecht gekocht), und hier begegnete ich ihm. Er war ein ganz besonderer Freund von mir, und ich wußte, daß er es verstand, einen Hund an sich zu

fesseln. Sein Günstling war ein großer, wohlbeleibter Apportierhund, der gesundheitshalber in die Berge sollte, und obgleich es erst im April war, schnaufte und keuchte das runde braune Vieh in der Klubveranda, als ob es platzen wollte.

»Es ist erstaunlich«, sagte der Offizier, »was für Gründe diese Kranken finden, um in die Kasernen zurückzukommen. Da ist ein Mann in meiner Kompanie, der mich gerade um Urlaub gebeten hat, um ins Quartier zurück zu dürfen, er will eine Schuld auszahlen, die er vergessen hat. Der Gedanke gefiel mir so gut, daß ich ihn freiließ, und er fuhr mit Geklingel in einem Wägelchen davon, froh wie nur einer. Zehn Meilen, um eine Schuld zu bezahlen. Möchte wissen, was dahintersteckt.«

»Wenn du mich nach Hause fahren willst, so glaube ich, dir die Sache vorführen zu können«, sagte ich.

So fuhren wir mit seinem Hund in seinem Dogcart meinem Hause zu, und unterwegs erzählte ich ihm Garms Geschichte.

»Ich habe mich schon gewundert, wo das Vieh hingekommen ist. Er ist der beste Hund im Regiment«, sagte mein Freund. »Vor einem Monat habe ich dem kleinen Kerl zwanzig Rupien für ihn geboten. Aber du

sagst ja, er ist ein Pfand, eine Geisel für Stanleys gutes Betragen. Stanley gehört zu den besten Männern, die ich habe – das heißt, wenn er will.«

»Deshalb eben«, sagte ich, »ein Mann zweiten Ranges hätte sich die Dinge nicht so zu Herzen genommen.«

Wir fuhren leise am äußersten Ende des Gartens ein und schlichen um das Haus. Dicht an der Mauer war eine Stelle, ganz mit Tamariskenbäumen bestanden, wo Garm, wie ich beobachtet hatte, seine Knochen hintrug und aufbewahrte. Nicht einmal Vixen durfte sich in der Nähe aufhalten. Im vollen Mondlicht Indiens sah ich eine weiße Uniform, die sich über den Hund beugte. Ohne lauschen zu wollen, hörten wir Stanleys Stimme:

»Leb wohl, alter Freund. Um Himmels willen, laß dich nicht beißen und bekomme nicht von so einem räudigen, wilden Hund die Tollwut. Aber du kannst ja für dich selbst sorgen, alter Kerl. Du betrinkst dich nicht und läufst nicht rum und schlägst nach deinen Freunden. Du nimmst deine Knochen und frißt deinen Hundekuchen und tötest deine Feinde wie ein Held. Ich gehe fort – heule nicht –, ich gehe nach Kasauli, wo ich dich nicht mehr sehen werde.«

Als der Hund den Kopf zurückwarf und zu den Sternen aufsah, konnte ich sehen, wie er ihm die Schnauze festhielt.

»Du wirst hierbleiben und dich gut aufführen, und – und ich werde fortgehen und mir Mühe geben, mich auch gut aufzuführen, und ich weiß nicht, wie ich dich hierlassen soll. Ich weiß nicht . . .«

»Ich finde die Geschichte hier verdammt albern«, sagte der Offizier, indem er seinen blöden, verwöhnten Hund streichelte. Er rief den Gemeinen an, der auf die Füße sprang, vortrat und salutierte.

»Sie hier?« sagte der Offizier und wandte sich ab.

»Zu Befehl, Herr Leutnant, aber ich will gerade fortgehen.«

»Um elf Uhr fahre ich in meinem Wagen von hier weg, ich nehme Sie mit. Ich kann nicht dulden, daß kranke Soldaten sich herumtreiben, wo's ihnen paßt. Melden Sie sich um elf Uhr hier.«

Als wir ins Haus gingen, sprachen wir nicht viel, der Offizier murmelte vor sich hin und zog seinen Hund bei den Ohren. Es war ein elendes, überfüttertes Biest von einem Hund, und als er zur Küche zottelte, um sein Fressen entgegenzunehmen, kam mir ein glänzender Gedanke.

Um elf Uhr war der Offiziershund nirgends zu finden, und es war unbeschreiblich, was sein Herr angab. Er rief und schrie und wurde böse und jagte eine halbe Stunde durch meinen Garten. Schließlich sagte ich:

»Morgen früh wird er sicher auftauchen. Schicke jemanden mit der Bahn, ich werde das Vieh schon finden und es dir zurückliefern.«

»Vieh?« entgegnete der Offizier. »Ich schätze den Hund beträchtlich höher ein als irgendeinen Menschen meiner Bekanntschaft. Du hast gut reden – dein Hund ist da.«

Das stimmte – zu meinen Füßen lag sie – und wäre sie abhanden gekommen, weder Lohn noch Nahrung wäre bis zu ihrer Rückkehr ausgeteilt worden. Aber es gibt Menschen, die hängen an Hunden, die keinen Peitschenhieb wert sind. Endlich mußte mein Freund fort, Stanley nahm er auf den Rücksitz. Als sie fort waren, sagte der Hundebursche zu mir:

»Was für einen Hund hat Bullen Sahib? Sehen der Herr sich doch mal den hier an.«

Ich ging zur Hütte, da lag der fette alte Schurke angekettet auf einer Matte. Er mußte seinen Herrn unbedingt zwanzig Minuten lang haben rufen hören und

hatte nicht einmal den Versuch gemacht, ihm entgegenzulaufen.

»Er hat keinen guten Kopf«, sagte der Hundebursche verächtlich.

»Er ist ein Punniar-Kooter (ein Wachtelhund). Er hat überhaupt nicht versucht, dies Tuch vom Maul zu reißen, als sein Herr ihn gerufen hat. Vixen wäre durchs Fenster gesprungen, und der große Hund hätte mich trotz Maulkorb und allem totgebissen. Es ist wahr, es gibt so mancherlei Hunde.«

Wer anders als Stanley tauchte am folgenden Abend auf! Der Offizier hatte ihn vierzehn Meilen mit der Bahn zurücklegen lassen, er brachte einen Brief, in dem er mich bat, ihm seinen Hund zurückzuschicken, falls ich ihn gefunden, falls nicht, eine ungeheure Belohnung für ihn auszusetzen. Der letzte Zug ging um halb elf, Stanley blieb bis zehn und unterhielt sich mit Garm. Ich redete hin und her, bat und flehte und drohte schließlich, den Bullterrier wieder zu schicken, aber der kleine Mann blieb felsenfest, obgleich ich ihm ein gutes Mittagessen vorsetzte und höchst energisch mit ihm sprach. Garm wußte so gut wie ich, daß dies das letzte Mal sei, daß er seinen Herrn sah, und folgte Stanley wie dessen eigener Schatten. Der Apportierhund sagte

nichts, leckte sich die Schnauze nach seiner Mahlzeit und zog ab, ohne dem empörten Hundeburschen auch nur danke zu sagen.

So war die letzte Zusammenkunft vorüber, und ich fühlte mich so elend wie Garm, der die ganze Nacht im Schlafe stöhnte. Im Büro suchte er sich dicht neben Vixen unter dem Tisch einen Platz und warf sich platt hin, bis es endlich Zeit war, nach Hause zu gehen. Nun war es vorbei mit dem Hinauslaufen auf die Veranda, mit dem Fortschleichen zu verstohlenen Gesprächen mit Stanley. Als es wärmer wurde, erlaubte ich den Hunden nicht mehr, neben dem Wagen herzulaufen, nun saßen sie statt dessen neben mir auf dem Sitz, Vixen mit dem Kopf unter meinem linken Ellenbogen und Garm die linke Stange am Sitz liebkosend.

Hier war Vixen immer obenauf. Sie fühlte sich verpflichtet, auf den ganzen Verkehr achtzugeben, so zum Beispiel auf die Ochsenwagen, die den Weg versperrten, die Kamele und die Ponys, die geführt werden; außerdem mußte sie ihre Würde hervorkehren, wenn sie geringere Freunde, die im Staube liefen, entdeckte. Sie kläffte nie aus bloßer Lust am Kläffen, aber ihr schrilles Bellen war in der ganzen Allee bekannt, und anderer Leute Terrier heulten zur Antwort, und Ochsenführer

lachten uns über die Schulter zu und gaben uns mit
Grinsen den Weg frei.

Garm aber kümmerte sich nicht um all das. Seine
großen Augen wanderten am Horizont, und sein fürch-
terliches Maul war fest geschlossen. Es gab im Büro
noch einen Hund, der meinem Vorgesetzten gehörte.
Wir hatten ihn »Bob, den Bibliothekar« getauft, weil er
immer Ratten hinter den Bücherregalen witterte und
bei seiner Jagd ganze Stöße alter Zeitungen hervor-
schleppte. Bob war ein harmloser Dummkopf. Garm
aber stand ihm nicht bei. Er schob seinen Kopf zwischen
die Tür und keuchte:

»Ratten, komm, Garm!« Dann legte Garm seine
Vorderpfote auf die andere und rollte sich zusammen.
Bob mochte nun ruhig seinen vollkommen teilnahms-
losen Rücken anbellen. Im Büro ging es in jenen Tagen
so lebhaft zu wie in einem Grab.

Einmal, und nur das eine Mal, sah ich Garm vollkommen zufrieden mit seiner Umgebung. Er hatte
eines Sonntagmorgens mit Vixen einen unerlaubten
Spaziergang unternommen, als ein sehr junger unver-
nünftiger Artilleriesoldat (seine Batterie hatte sich vor
kurzem nach diesem Weltteil begeben) sie beide zu
stehlen versuchte. Vixen natürlich wußte, daß man von

Soldaten nichts zu fressen annimmt, überdies hatte sie gerade ihr Frühstück beendet. So zog sie mit einem großen Stück Hammelfleisch, wie es an unsere Truppen verteilt wird, ab, legte es auf meiner Veranda nieder und sah mich an, um sich zu vergewissern, was ich davon hielte. Ich fragte sie, wo Garm sei, worauf sie vor mein Pferd lief, um mir den Weg zu zeigen.

Nach etwa zwanzig Minuten stießen wir auf unseren Artilleriesoldaten, der steif und unbeweglich auf dem Rand eines Grabes saß; auf seinen Knien lag ein fettiges Taschentuch ausgebreitet. Garm stand vor ihm und sah recht vergnügt aus. Sowie der Mann nur Hand oder Fuß rührte, zeigte Garm, ohne dabei einen Laut von sich zu geben, seine Zähne. Eine zerrissene Schnur hing ihm vom Hals herunter, die andere Hälfte fand sich gut geborgen in den bewegungslosen Händen des Artilleriesoldaten. Er erzählte mir, und behielt dabei die Augen geradeaus gerichtet, daß er diesen Hund (und er beschimpfte ihn dabei mit fürchterlichen Ausdrücken) ganz allein angetroffen habe und daß er ihn zum Fort bringen wolle, um ihn als herrenlosen, wilden Hund erschießen zu lassen.

Ich entgegnete, daß Garm nicht sehr nach einem herrenlosen Hund aussehe, daß er ihn aber nur zum

Fort bringen solle, wenn er es für das Richtige halte. Er erwiderte, ihm liege nichts daran; da gab ich ihm den Rat, sich ohne den Hund zum Fort zu begeben. Er wollte eigentlich jetzt nicht gehen, sagte er, aber er würde meinem Rat doch folgen, wenn ich den Hund zu mir heranriefe. Ich wies Garm an, ihn zum Fort zu begleiten, und Garm führte ihn feierlich einundeinehalbe Meile in der glühenden Sonne bis zum Torweg; ich berichtete der Quartierwache, was vorgefallen sei. Der junge Artilleriesoldat war erboster, als nötig gewesen wäre, denn sie fingen alle an, herzlich zu lachen. Man erzählte ihm, daß verschiedene Regimenter, jedes zu seiner Zeit, versucht hatten, Garm zu stehlen.

In diesem Monat brach die Hitze mit Macht herein, und die Hunde schliefen im Badezimmer auf den kühlen, nassen Backsteinen, auf denen die Wanne stand. Jeden Morgen, sobald der Diener mein Bad eingelassen hatte, sprangen die beiden hinein, und jeden Morgen füllte der Mann die Wanne ein zweites Mal. Ich sagte, er könne doch geradesogut ein kleines Faß nur für die Hunde füllen. »Nein«, meinte er lächelnd, »sie sind nicht daran gewöhnt. Sie würden's nicht verstehen. Außerdem haben sie in dem großen Bad mehr Platz.«

217

Die Punkah-Kulis, die Tag und Nacht die Federfächer in Bewegung setzten, freundeten sich sehr mit Garm an. Er bemerkte, daß ich den Kuli immer bat, weit auszuholen, sobald der schwingende Fächer einmal stillstand. Wenn der Mann schlief, weckte ich ihn. Er fand auch bald heraus, daß es sich gut in der Luftwelle unter der Punkah ruhte. Mag sein, Stanley hatte ihn in der Kaserne in all die Dinge eingeweiht. Jedenfalls, sowie der Punkah stillstand, knurrte Garm, zwinkerte nach dem Seil, und wenn der Mann daraufhin nicht aufwachte, was jedoch meistens der Fall war, so schlich er behutsam vor und knurrte dem Schläfer ins Ohr. Vixen war ein gescheiter, kleiner Hund, aber die konnte niemals die Punkah und den Kuli in irgendwelchen Zusammenhang bringen; so verschaffte mir Garm angenehme Stunden kühlen Schlafes. Aber er war vollkommen unglücklich – so unglücklich, wie ein menschliches Wesen nur sein kann, und in seinem Elend schloß er sich so innig an mich an, daß es anderen Leuten auffiel und sie eifersüchtig wurden. Wenn ich von einem Zimmer in das andere ging, folgte mir Garm, hörte meine Feder mit ihrem Gekratze auf, so lag Garms Kopf schon in meiner Hand, bewegte ich mich im Halbschlaf auf meinem Kissen, so war Garm auf und

an meiner Seite, denn er wußte, daß ich das einzige Bindeglied zwischen ihm und seinem Herrn vorstellte, und Tag und Nacht und Nacht und Tag stellten seine Augen die eine Frage: »Wann wird dies alles enden?«

Da ich ständig mit dem Hund zusammen war, fiel es mir gar nicht auf, daß die Hitze ihn übermäßig mitgenommen hatte, bis mir eines Tages jemand im Klub sagte: »Ihr Hund wird in ein bis zwei Wochen sterben. Er ist nur noch ein Schatten von dem, was er war.« Darauf gab ich Garm Eisen und Chinin ein, was er nicht ausstehen konnte; ich war sehr besorgt. Er verlor den Appetit, und Vixen durfte ruhig sein Mittagsmahl unter seinen Augen vertilgen; nicht einmal das brachte ihn zum Fressen. Wir hielten eine Konsultation ab, bestehend aus dem besten Arzt am Platz, einer Ärztin, die die kranken Frauen von Königen kurierte, und dem bevollmächtigten Oberaufseher des tierärztlichen Dienstes für ganz Indien. Sie sprachen sich über seine Krankheitserscheinungen aus, und ich erzählte ihnen seine Geschichte. Garm lag auf dem Sofa und leckte meine Hand.

»Er stirbt an gebrochenem Herzen«, sagte die Ärztin plötzlich.

»Auf mein Wort«, entgegnete der Oberaufseher,

»ich glaube, Mrs. Nacrae hat wieder einmal vollkommen recht.«

Der beste Arzt am Platz schrieb ein Rezept, und der tierärztliche Oberaufseher sah es später noch einmal durch, um sich zu vergewissern, daß die Medikamente in den richtigen Hundeportionen verschrieben waren, und das war das erste Mal, daß unser Doktor erlaubte, daß ein Rezept von ihm durchgesehen wurde. Es war eine starke Arznei und brachte den lieben Kerl für ein oder zwei Wochen auf die Beine, dann verlor er wieder an Gewicht. Ich bat einen Bekannten, ihn mit in die Berge zu nehmen, und der Mann kam mit seiner Ausrüstung auf dem Wagen vor die Tür gefahren. Garm begriff die Situation auf den ersten Blick. Die Haare standen ihm zu Berge, er setzte sich vor mich hin und stieß das fürchterlichste Geheul aus, das ich je aus dem Rachen eines Hundes vernommen habe. Ich rief meinem Freunde zu, sofort abzufahren, und sowie der Wagen den Garten verlassen hatte, legte Garm seinen Kopf auf meine Knie und winselte. Nun kannte ich seine Meinung und gab mir alle Mühe, Stanleys Adresse in den Bergen ausfindig zu machen.

Ich kam spät im August an die Reihe, in die Kühle zu fahren. Wir bekamen dreißig Tage Urlaub im Jahr, das

heißt, wenn keiner von uns krank wurde, und wir nahmen ihn, je nachdem wir entbehrlich waren. Mein Vorgesetzter und Bob hatten vor mir Urlaub, und als sie fort waren, machte ich mir wie immer einen Kalender zurecht und hängte ihn über mein Bett, täglich riß ich ein Blatt ab, bis sie wiederkamen. Vixen war schon fünfmal mit mir in die Berge gegangen, sie schätzte die Kühle und die Feuchtigkeit und die herrlichen Holzfeuer dort oben genauso wie ich.

»Garm«, sagte ich, »wir gehen nach Kasauli zurück zu Stanley. Kasauli-Stanley; Stanley-Kasauli«, wiederholte ich zwanzigmal. Es war eigentlich gar nicht Kasauli, sondern ein anderer Ort. Doch erinnerte ich mich an Stanleys Worte an seinem letzten Abend in meinem Garten, und ich wagte nicht, den Namen zu ändern. Darauf fing Garm an zu zittern, bellte, sprang an mir empor, tänzelte umher und wedelte unausgesetzt mit dem Schwanz.

»Nicht gleich«, sagte ich und hielt die Hand hoch. »Wenn ich sage geh!, dann werden wir gehen, Garm.« Ich zog die kleine Decke und das stachelige Halsband hervor, was Vixens Bekleidung in den Bergen ausmachte, erstere zum Schutz gegen plötzlich eintretenden Frost, letzteres gegen auf Raub ausziehende Leo-

parden; ich ließ die beiden darauf schnüffeln und sich
darüber besprechen. Was sie sagten, weiß ich natürlich
nicht, aber Garm wurde daraufhin ein anderer. Seine
Augen leuchteten, und er bellte freudig, wenn ich mit
ihm sprach. Die folgenden drei Wochen hindurch fraß
er, was er vorgesetzt bekam, tötete Ratten, und wenn er
zu winseln begann, brauchte ich nur zu sagen »Stanley-
Kasauli, Kasauli-Stanley«, um ihn aufzurütteln. Ich
wünschte, ich wäre früher auf den Gedanken gekommen.

Mein Vorgesetzter kam zurück, ganz braun von
ständigem Aufenthalt im Freien und sehr ärgerlich, es
in der Ebene so heiß anzutreffen. Am selben Nachmittag fingen wir drei und Kadir Buksh an, für unseren
Monatsurlaub zu packen. Vixen rollte sich zwanzigmal
in einer Minute in den großen Lederkoffer hinein und
wieder heraus, und Garm grinste von einem Ohr zum
andern und schlug mit seinem Schwanz den Boden. Vixen kannte den Verlauf einer Reise so genau, wie sie
meine Büroarbeit kannte. Auf dem Weg zum Bahnhof
saß sie auf dem Vordersitz des Wagens und sang sich ein
Lied, während Garm bei mir lag. Sie stürzte in den Ei-
senbahnwagen, beobachtete Kadir Buksh, wie er mein
Bett für die Nacht bereitete, sah sich nach einem Trunk

Wasser um und schlängelte sich mit ihrem schwarzgefleckten Auge mitten durch das Gewimmel des Bahnsteiges. Garm folgte ihr (die Menge gab ihm den Weg frei) und setzte sich auf die Kissen, seine Augen flammten, sein Schwanz erschien wie ein Streifen Rauch hinter ihm.

Wir kamen bei heißem, dunstigen Morgengrauen nach Umballa; vier oder fünf Männer, die alle elf Monate lang schwer gearbeitet haben, riefen unsere Daks heran – die mit zwei Pferden bespannten Reisewagen –, die uns nach Kalka am Fuße der Berge bringen sollten. Garm war das alles neu. Er fand sich mit diesen Wagen, in denen man ausgestreckt liegen konnte, nicht zurecht. Aber Vixen verstand sich darauf und sprang sofort nach ihrem Platz. Garm folgte ihr nach. Die Kalkastraße war, bevor die Eisenbahn gebaut wurde, etwa siebenundvierzig Meilen lang, und alle acht Meilen wurden die Pferde gewechselt. Meist scheuten die Tiere und schlugen aus und stießen, aber sie mußten vorwärts, und sie gingen dank Garms Eifer etwas besser als gewöhnlich. Denn er ließ als Nachhut sein tiefes Gebell ertönen und feuerte sie dadurch an.

Es mußte ein Fluß durchwatet werden, vier Ochsen zogen den Wagen. Vixen steckte den Kopf zur Schie-

betüre hinaus und fiel beinahe ins Wasser, als sie den Pferden die Anweisungen gab. Garm verhielt sich still, er war neugierig, aber er hätte jetzt zu seiner Aufheiterung erneute Zusicherungen über Stanley und Kasauli brauchen können. So fuhren wir bellend und kläffend zur Frühstückszeit in Kalka ein, wo Garm für zwei fraß.

Hinter Kalka lief die Straße in Windungen zwischen den Bergen hin, wir nahmen einen kleinen zweirädrigen Wagen mit elenden Ponys davor, die alle sechs Meilen ausgewechselt wurden. In jenen Tagen ließ sich noch kein Mensch etwas von einer Eisenbahnlinie nach Simla träumen, sie lag noch in den Wolken. Die Länge der Straße betrug über fünfzig Meilen, und die Regulierungsarbeiten schritten geradeso schnell vorwärts wie die Ponys. Auch hier führte Vixen Garm von einem Wagen zum andern, sprang auf den Rücksitz und lärmte. Etwa fünf Meilen hinter Kalka wehte uns ein kühler Luftzug von den Schneeregionen entgegen, und Vixen winselte nach ihrem Röckchen, besorgt, sich eine Erkältung zuzuziehen. Ich hatte Garm auch eins machen lassen, und als wir der frischen Luft entgegenkletterten, zog ich es ihm an; er knabberte verständnislos daran herum, aber ich glaube, er war mir doch dankbar dafür.

»Hi-ji-ji!« sang Vixen, als wir um die Kurven flogen. »Tut-tut-tut!« ertönte das Horn des Fahrers an gefährlichen Stellen, und »wau-wau-wau!« bellte Garm. Kadir Buksh saß auf dem Kutschersitz und lächelte. Sogar er war froh, aus der Hitze der Ebene, die im Nebel hinter uns brodelte, fortzukommen. Ab und zu trafen wir einen Bekannten, der wieder hinunter an seine Arbeit ging und dann wohl fragte: »Wie steht's unten?« Dann rief ich ihm zu: »Heißer als glühende Kohlen. Wie ist's oben?« Darauf gab er zurück: »Einfach ideal!«, und fort ging's.

Plötzlich rief mir Kadir Buksh über die Schulter zu: »Das ist Solon.« Garm schnarchte, seinen Kopf zu meinen Knien gebettet. Solon ist ein unfreundliches Truppenquartier, aber es hat den Vorteil, kühl und gesund zu sein. Es ist vollkommen kahl und windig, meist macht man dort in einer nahe gelegenen Herberge halt, um etwas zu sich zu nehmen. Ich stieg aus, hinter mir die beiden Hunde, während Kadir Buksh den Tee aufbrühte. Ein Soldat sagte uns, wir würden Stanley »da drüben« finden, und bewegte dabei den Kopf nach der Richtung eines kahlen, trübselig dreinschauenden Berges.

Als wir hinaufkletterten, erblickten wir eben den Stanley, der mir all die Sorgen bereitet hatte, er saß auf

einem Felsen, das Gesicht in den Händen vergraben, sein Mantel hing ihm um die Schultern. In meinem ganzen Leben habe ich nicht etwas ähnlich Verlassenes, Trauriges wie diesen kleinen Mann gesehen, der zusammengekauert, grübelnd an der großen, grauen Bergwand lehnte.

Jetzt verließ mich Garm. Er verschwand ohne ein Wort, und soviel ich sehen konnte, ohne seine Beine zu bewegen. Er flog tatsächlich durch die Luft, und ich hörte den Aufprall, als er sich auf Stanley stürzte und den kleinen Mann platt umwarf. Sie rollten beide am Boden, schreiend, japsend und liebkosend. Ich konnte Mann und Hund nicht voneinander unterscheiden, bis Stanley aufstand und wimmerte.

Er erzählte mir, daß er von Zeit zu Zeit an Fieber gelitten habe und sehr schwach sei. Sein Aussehen bestätigte ganz seine Worte, aber schon während ich die beiden beobachtete, schwollen sie, Mann und Hund, zu ihrer natürlichen Größe an, genau wie getrocknete Äpfel im Wasser. Garm lag ihm auf Schultern, Brust, Beinen, alles zugleich, so daß Stanley wie durch eine Wolke von Garm sprach – von Garm, der würgte, schluchzte, keuchte. Ich konnte nichts von dem, was Stanley sprach, verstehen. Nur daß er gemeint habe, sterben zu

müssen, daß er sich nun aber ganz wohl fühle und daß er Garm keinem Menschen mehr, keinem, der unter Beelzebub rangiere, überlassen würde. Dann sagte er, er wäre hungrig und durstig und glücklich.

Wir gingen zum Tee zur Herberge hinunter, wo Stanley sich mit Sardinen, Himbeermarmelade, Bier und kaltem Hammelbraten und Pickles vollpfropfte, das heißt, sofern Garm nicht gerade über ihn kletterte. Dann gingen Vixen und ich.

Garm verstand die Lage sofort. Er sagte mir dreimal Lebewohl, gab mir beide Pfoten, eine nach der anderen, und sprang mir auf die Schulter. Er begleitete uns noch eine Meile und sang dabei in den höchsten Tönen »Hosianna«. Dann raste er zu seinem eigenen Herrn zurück.

Vixen tat nicht einmal das Maul auf. Sobald aber die kalte Dämmerstunde einsetzte und die Lichter von Simla hinter den Bergen auftauchten, schnüffelte sie an meinem Ulster herum. Ich knöpfte ihn auf und steckte sie hinein. Darauf gab sie einen kurzen zufriedenen Laut von sich und schlief fest ein, den Kopf an meiner Brust, bis wir aus Simla hinauszogen, an jenem Abend zwei der vier glücklichsten Wesen auf Erden.

Über das Familienleben der Hunde

James Thurber

Sobald eine Frau ihrem Mann ein Kind schenkt, erstarkt ihre Fähigkeit, sich Sorgen zu machen: Sie hört mehr Einbrecher, riecht mehr Angebranntes und fängt im Theater oder beim Tanzen an, darüber nachzudenken, ob wohl ihr Mann seinen Dienstrevolver im Kinderzimmer liegengelassen hat. Auf Jahre hinaus bleibt das so. Während dann das Kind aufwächst, wird die ursprüngliche Hauptangst der Mutter – daß das Kind im Entbindungsheim mit einem anderen Säugling verwechselt worden sein könnte – von noch viel erhabeneren Zweifeln verdrängt: Sie argwöhnt, das Kind sei nicht besonders helle, sie bezweifelt, daß es glücklich wird, und ist überzeugt davon, daß es später unter die unrechte Sorte von Menschen gerät.

Diese elterliche Beharrlichkeit, das Leben den Kindern zu widmen, bleibt jahraus, jahrein bestehen; und das angesichts all dessen, was Hunde taten und tun, um zu beweisen, wieviel glücklicher die Beziehungen zwischen Eltern und Kindern sich entwickeln können, falls sie ohne Sentimentalität, Besorgtheit und Aufopferung gehandhabt werden. Natürlich ist es eine alte Theorie, daß Hunde ein gesünderes Familienleben als die Menschen führen; um nachzuprüfen, ob diese Auffassung reine Legende oder auf Beobachtung von Tatsachen ge-

gründet sei, habe ich vier Jahre hindurch das Familienleben der Hunde sorgfältig studiert. Meine Schlüsse
stützen eindeutig die Theorie, nach der die Hunde eben
doch ein gesünderes Familienleben haben als wir.

Zunächst einmal entfernt sich der Hunde-Gatte, um
auf eine Murmeltier-Jagdexpedition zu gehen, sobald
wie irgend möglich, das heißt sehr bald – und kehrt nie
zurück. Er schreibt nicht, er sorgt in keiner Weise für
Pflege und Unterhalt seiner Familie und kann nicht
einmal dafür gerichtlich belangt werden. Seiner Gattin
ist es schnurz, wo er ist; sie denkt nie darüber nach, ob
er wohl an sie denkt, und wenn sie auch beim leisesten
Schritt auffahren kann, so tut sie das doch nicht aus einer Hoffnung wider alle Hoffnung, daß *er* es etwa sein
könnte. Von keiner Hundedame ist je bekannt geworden, daß sie ihre Freunde gegen ihren Mann aufgehetzt
oder Detektive auf seine Spur gesetzt hätte.

Dieser gleiche Mangel an Sentimentalität wird auch
in der Beziehung der Hundemutter zu ihren Jungen bewahrt. Sechs Wochen lang – aber nur so lange! – küm-
mert sie sich hingebungsvoll um sie, nährt sie (was anzuziehen bringen sie sich mit), wäscht ihnen die Ohren,
wehrt Katzen, alte Frauen und Wespen ab, die herum-
schnüffeln kommen, macht die Betten und rettet die

232

Kleinen, wenn sie unter die Bodenbretter der Scheune gekrabbelt sind oder sich in einen alten Stiefel verirrt haben. All dies tut sie indessen ohne viel Tamtam, ohne dieses laute und umständliche Theater, diese Ängstlichkeit und Aufregung, die eine Frau an den Tag legt, wenn sie ihrem Kind einen übertriebenen Dienst erweist.

Nach sechs Wochen hört die Hundemutter auf, nachts wach zu liegen und auf verdächtige Geräusche zu horchen; am nächsten Morgen nach dem Frühstück knurrt sie die Jungen an und jagt sie aus dem Haus: »Und zwar für immer«, teilt sie ihnen knapp mit. »Ich muß mein eigenes Leben leben, ich habe Autos nachzujagen, Lieferjungens nach den Stiefeln zu schnappen, Kaninchen zu verfolgen. Ich kann nicht noch länger einen Haufen sechs Wochen alter Hunde waschen und füttern. Das ist endgültig vorbei.« Damit ist das Familienleben beendet, und die Mutter schlägt sich die Kinder – manchmal sind es bis zu elf auf einmal – ebenso leicht aus dem Kopf wie ihren Ehemann. Jetzt ist sie frei, sich ihrer Karriere zu widmen und den neuen und erstaunlichen Dingen des Lebens.

In einem der Fälle hündischen Familienlebens beobachtete ich, daß die Mutter, eine große schwarze Hündin mit langen Ohren und aufgewecktem Lebensinter-

esse, das nur durch eine maßlose Furcht vor Schild- und anderen Kröten beeinträchtigt wurde, zehn Junge aus dem Hause warf – auf den Tag genau nach sechs Wochen; an einem Montag. Es war für meine Beobachtungen von Vorteil, daß diese Jungen keine andere Bleibe hatten; sie hatten noch keinerlei Pläne gefaßt. Sie strolchten also einfach um die Scheune herum und versuchten von Zeit zu Zeit, die Sache mit Mutter wieder ins reine zu bringen. Aber die lehnte es ab, auf irgendwelche Vorschläge einzugehen, die auf die Wiederaufnahme häuslicher Gemeinschaft abzielten, und machte fest entschlossen geltend, sie sei entsprechend ihrer natürlichen Neigung Fahrradjägerin und Herdfeuerwächterin, welche beiden Tätigkeiten durch die Anwesenheit von zehn Helfern in unerträglicher Weise gestört werden würden. Die Branche der Fahrradjagd sei sowieso überfüllt, erklärte sie, und in noch stärkerem Maße die Herdfeuerbewachung.

»Wir könnten aber doch zusammen Festumzüge jagen«, schlug einer der Hunde vor, aber sie lehnte es ab, sich davon erweichen zu lassen, knurrte und trieb ihn fort.

Nur einige Wochen lang machen die ausgestoßenen Jungen bei ihrer Mutter Annäherungsversuche mit

dem Ziel der Wiederherstellung des häuslichen Lebens. Nach Verlauf dieser Zeit erkennen sie, infolge eines mir noch nicht erklärlichen Wunders, plötzlich ihre Mutter nicht wieder, und sie erkennt sie auch nicht. Es ist, als wären sie sich nie begegnet; und das ist eine sehr gute Idee, da es für beide Parteien reinen Tisch macht und ihnen einen neuen Start ermöglicht.

Einmal, einige Monate nach dem Zerfall dieser erwähnten Familie, deren Junge verkauft worden waren, wurde eins von ihnen, mit dem Namen Liza, zum Besuch ins »alte Nest« zurückgebracht. Die Hundemutter erkannte Liza natürlich nicht und biß sie prompt in die Hüfte. Sie mußten getrennt werden und brummelten beide etwas davon, daß man doch wirklich nie wissen könne, was für einer Sorte Hund man begegne. Nichts von einer dümmlichen, zärtlichen Wiedervereinigung, keine sentimentalen Tränen, keine bitteren Andeutungen über Vernachlässigung oder Vergeßlichkeit oder böswilliges Verlassen.

Wird ein Hundejunges nicht verkauft oder verschenkt, sondern im gleichen Haushalt wie die Mutter aufgezogen, dann werden sich beide aufs erbittertste bekämpfen, manchmal zwanzig- oder dreißigmal am Tag, vielleicht vier Wochen lang. Für die Besitzer der

Hunde ist das höchst anstrengend, besonders wenn sie Gefühlsduselanten sind, denen es Kummer macht, daß Mutter und Tochter sich nicht kennen. Schließlich klärt sich die Lage: Die beiden lernen, einander gewähren zu lassen, und, abgesehen von einem gelegentlichen verhaltenen Grollen darüber, daß es auf der Welt offenbar wohl auch *solche* Hunde geben müsse, kommen sie ganz gut miteinander aus, wenn sich ihre Wege einmal kreuzen.

Ich weiß von einer Hundemutter und ihrer halbwüchsigen Tochter, die manchmal den ganzen Tag gemeinsam Murmeltiere jagten, obwohl sie nicht miteinander sprachen. Ihre Verbindung war nicht gefühlsmäßiger, sondern praktischer Art und auf die Tatsache gegründet, daß die Murmeltierjagd zu zweit sicherer ist als allein. Diese beiden Hunde ziehen ohne ein Wort morgens los und kommen abends zusammen heim, ohne sich gute Nacht zu sagen, wenn sie sich trennen, einerlei, ob sie Glück gehabt haben oder nicht. Dies Umgehen von Abschiedsszenen, die immer gezwungen und manchmal schmerzlich wirken, ist ein weiterer Punkt, in dem mir die Hunde verständiger als die Menschen vorkommen. Na, eines Tages schien die Tochter, eine etwa zehn Monate alte Hündin, infolge einer

Schnapsidee der Natur, die ich ebenfalls nicht klar durchschauen kann, auf ein oder zwei Augenblicke ihre Mutter wiederzuerkennen – nach all den Monaten des Vergessens. Sie hatten sich soeben auf die Jagd nach einem fetten Murmeltier gemacht, das im Obstgarten hauste; irgendwie geriet das Ohr der Tochter durcheinander – sie hatte lange Schlappohren.

»Mutter«, sagte sie, »ich wollt, du gucktest mal nach meinem Ohr.«

Auf der Stelle wurde die andere Hündin widerborstig und knurrte.

»Ich bin deine Mutter nicht«, sagte sie, »ich bin Murmeltierjägerin.«

Die Tochter grinste: »Na ja«, sagte sie, bloß um zu zeigen, daß sie's ihr nicht weiter übelnehme, »ist ja auch gar nicht mein Ohr – bloß ein Autohandschuh.«

Frida, Svea, Fanny und all die anderen

Oscar Hedlund

. . . Der weltberühmte Cellist Mstislaw Rostropowitsch ist, gelinde gesagt, ein großer Hundefreund. Man kann, ohne zu übertreiben, von einer Leidenschaft sprechen, die seinerzeit in der Hunde- und der Musikwelt ebenso bekannt war wie bei den Staatsoberhäuptern von UdSSR und USA. Rostropowitschs fünf Hunde gelangten zu weltpolitischer Bedeutung, als der Maestro 1978 mitten im kalten Krieg die Ernennung zum Leiter des *National Symphony Orchestra* in Washington annahm. Unter der Bedingung, daß er seine Hunde aus Moskau ohne längere Quarantäne mitbringen dürfe. Er erklärte, daß sie und er nicht so lange voneinander getrennt sein könnten. Sei er auf Tournee, würde er immer zu Hause anrufen und mit ihnen reden. Sein kleiner Cairnterrier Puks könne Klavier spielen, behauptete er, »obwohl ich hören kann, daß sie während meiner Abwesenheit nicht jeden Tag übt«. Und der Neufundländer Koosya »ist unmusikalisch wie ein Musikkritiker, aber er frißt wie ein ganzes Streichquartett«. – Rostropowitsch über seine Hunde reden zu hören ist ein ebensogroßer Genuß, wie seinem Cellospiel zu lauschen. Man kann verstehen, daß es ein Schock für ihn war, daß seine Hunde nicht zu seinen Bedingungen in die USA einreisen durften.

»Wir haben einen viel besseren Vorschlag«, erklärte ein Beamter des State Department, das neben allen Auskünften der CIA über Rostropowitsch auch eine Liste seines Hundebestandes hatte. »Lassen Sie Ihre Hunde in Moskau ... bei uns können wir Ihnen nämlich dieselben Rassen liefern, und auf diese Weise ersparen wir uns unnötige Scherereien.«

Worauf Rostropowitsch angeblich ein Kommuniqué an beide Regierungen geschickt hat, in dem er es ablehnte, nach Washington zu gehen: »Ich kann vielleicht anderswo ein ebenso gutes Orchester finden wie in Moskau ... im Gegensatz zu meinen Hunden lassen Symphonieorchester sich ersetzen.« Die in größter Eile vom Tierarzt untersuchten und von der Quarantäne befreiten Hunde flogen erster Klasse von Moskau nach Washington.

Quellenverzeichnis

Aiken, Joan: Sandys Hund. Aus: dies., Ein Schaudern auf der Haut. © Verlag Friedrich Oetinger, Hamburg 1989. Auszug mit freundlicher Genehmigung des Verlages Friedrich Oetinger, Hamburg

Colette: Bellaude. Aus: dies., Die Katze aus dem kleinen Café. © Paul Zsolnay Verlag Gesellschaft m.b.H., Wien/Hamburg 1985. Auszug mit freundlicher Genehmigung der Paul Zsolnay Verlag GmbH, Wien/Hamburg

Hedlund, Oscar: Frida, Svea, Fanny und all die anderen. © Rasch und Röhring Verlag, Hamburg. Auszug mit freundlicher Genehmigung des Rasch und Röhring Verlages, Hamburg

Hohenlohe, Marie-Gabrielle: Der Besuch. Aus: dies., Alison liebt einen Franzosen. © Engelhorn Verlag, Stuttgart 1986. Auszug mit freundlicher Genehmigung des Engelhorn Verlages, Stuttgart

Kipling, Rudyard: Garm als Geisel. © Paul List Verlag i.d. Südwest Verlag GmbH & Co. KG, München. Auszug mit freundlicher Genehmigung des Paul List Verlages, München

Kirst, Hans Hellmut: Die gefährlichen Freuden der erstrebten Freiheit. Aus: ders., Hund mit Mann. Mit freundlicher Genehmigung der AURIS GmbH, Mönchengladbach

Mann, Thomas: Die Jagd. Aus: Herr und Hund. In: ders., Gesammelte Werke in dreizehn Bänden. Band VIII. Erzählungen. © 1960, 1974 S. Fischer Verlag GmbH, Frankfurt/Main

Ribtson, Lady Kitty: Turi, der Sohn Repos'. Ohne Angaben.

Simmel, Johannes Mario: An der Leine / Der schlimmste Tag des Jahres. Aus: ders., Zweiundzwanzig Zentimeter Zärtlichkeit. © 1979 Droemer Knaur Verlag, München. Auszug mit freundlicher Genehmigung des Droemer Knaur Verlages, München

Thompson-Seton, E.: Schnapp, der Bullterrier. Aus: ders., Tierhelden. © Franckh-Kosmos-Verlags-GmbH & Co., Stuttgart. Auszug mit freundlicher Genehmigung der Franckh-Kosmos-Verlags-GmbH, Stuttgart

Thurber, James: Über das Familienleben der Hunde. Aus: ders., Was ist daran so komisch – Ges. Erzählungen. Copyright © 1971 by Rowohlt Verlag GmbH, Reinbek. Auszug mit freundlicher Genehmigung der Rowohlt Verlag GmbH, Reinbek.

Twain, Mark: Die Geschichte eines Hundes. Aus: ders., Der berühmte Springfrosch von Calaveras. Ausgewählte Werke in zwölf Bänden, Bd. 1, © Aufbau-Verlag Berlin 1963. Auszug mit freundlicher Genehmigung des Aufbau-Verlages, Berlin

Bitte beachten Sie
die folgenden Seiten

Ein Glück, daß es Lorbaß gibt

Vergnügliche Geschichten für Hundefreunde von Barbara Noack, Elvira Reitze, Wolfdietrich Schnurre und vielen anderen

Ullstein Buch 23891

Freundschaft zwischen Mensch und Hund – das ist immer eine ganz besondere Beziehung, die beglückt und bereichert. Ob mit oder ohne Stammbaum, ob winzig oder von beeindruckender Größe, fast jedem Hund gelingt es, sich zum Mittelpunkt seiner Familie zu machen. Daß diese seinen Wünschen meist nur zu gern nachkommt, zeigen die in diesem Band enthaltenen vergnüglichen Geschichten um unseren liebsten Vierbeiner.

Originalausgabe

Ullstein

Wolfgang J. Kohlschmidt

Wer schmust denn da?

Die schönsten
Katzengeschichten

Ullstein Buch 23669

Wolfgang J. Kohlschmidt,
Bücher-Profi und Verehrer
aller Katzen dieser Welt,
kennt viele Geheimnisse der
samtpfotigen Schönheiten
und auch die charmantesten
und klügsten Geschichten,
die je darüber geschrieben
wurden.

Mit feinsinnigem Sachver-
stand und Liebe stellte er –
als Hommage an seinen
Kater Felix – die besten
Erzählungen und Gedichte
berühmter Autoren zusam-
men. Sie verstehen die
Sprache der schmusigen
Eigenbrötler: Colette, T. S.
Eliot, H. D. Hüsch, Rudyard
Kipling, Günter Kunert,
Joachim Ringelnatz, Fee
Zschocke und viele andere.

Ullstein